O seu terrível abraço

Tiago Ferro

O seu terrível abraço

todavia

Aos que não aguentaram

Sinto vergonha por não ter participado das manifestações de rua ao ver no Facebook as fotos da multidão no largo da Batata, na Paulista e na Cinelândia.

Uma jornalista do *El País* levou um tiro de bala de borracha da PM.

Hoje vai todo mundo pra rua. Parece que vai ser tranquilo. Encontro meu pai na esquina de casa, conto aonde estou indo e peço dez reais emprestados para qualquer emergência. Ele só tem cinquenta. Estica a mão com a nota em direção à boca do meu estômago e acha toda a história um absurdo, isso sem falar nada. Meu pai sempre conseguiu me desmontar, e também me pôr novamente de pé, com alguns desses silêncios cirúrgicos.

Desço a Teodoro Sampaio caminhando na contramão, enquanto escurece. Com medo, gerentes e outros funcionários pescam com barras compridas e finas as portas de ferro das lojas e as baixam com violência, provocando sucessivos estrondos da batida do metal no asfalto, antes de um último olhar espantado em nossa direção.

Lá no largo proibiram os camelôs e suas barraquinhas com ervas para banhos e trabalhos, bugigangas made in China e remédios supostamente abortivos. Pequenos grupos seguem na mesma direção que a minha. Um vendedor ambulante empurra um isopor sujo sobre um carrinho de mão enferrujado. Ei, amigo, quanto custa? A todo instante alguém interrompe o percurso dele por uma cerveja. O som da multidão cresce conforme me aproximo do ponto de encontro. Confiro o cheiro das minhas axilas.

Olho para os lados para ver se mais alguém notou que a criança careca cravou definitivamente o olhar em mim. O branco dos olhos foi invadido pelo mesmo amarelo da pele, um tom de giz de cera gasto. Apelo pro celular. Oito novas mensagens no grupo da família. Clico num vídeo e me apresso a diminuir o som. Todos na sala de espera viram a cabeça na minha direção. No vídeo com mais de 130k likes o dr. Drauzio Varella avisa que vai fazer uma confissão: ele fumou dos dezessete aos trinta e três anos.

Finjo que o olhar da criança não está controlando o meu corpo, que as sucessivas cruzadas e descruzadas de pernas são naturais e que estou mesmo tentando destravar minha nuca movendo compulsivamente minha cabeça de um lado para o outro. Me concentro de novo no celular:

• Há oito anos a Justiça trabalha para garantir condenação de mulher que furtou cinquenta reais em chocolates e chicletes.

• O segurança me deu um soco no olho porque questionei dois brancos que furavam fila no banheiro.

• Casa do Big Brother Brasil é construída para expor participantes à loucura e ao sexo.

• Família de ambientalistas é assassinada a tiros no Pará.

• Pediram desculpas depois que esvaziei a bolsa.

• Um breve réquiem para bell hooks.

• Exposição em Nova York chama atenção para as ameaças ao povo yanomami.

• Trinta e três milhões passam fome no Brasil.

• Não é a primeira vez que morre alguém com gás lacrimogêneo, diz Bolsonaro.

• Caetano Veloso grava hit gospel.

• A escola que fechou os olhos para os abusos contra uma menina.

• Jovem relata estupro na Sapucaí.

Uma secretária morena com a calça bege do uniforme da clínica marcando as coxas firmes, salto alto gasto e sobrancelhas desenhadas parece vir na minha direção. Ela anuncia o meu nome completo para toda a sala de espera. Hesito alguns segundos antes de me levantar.

A pressão cai. Já conheço o roteiro.

No Cairo um médico corpulento aplicou na minha bunda uma injeção e em seguida eu desmaiei na cama do hotel com a calça arriada. Era alguma droga que eles davam para os turistas quando parecia que eles não iriam parar de vomitar nunca mais. Minha mãe viu uma convulsão, mas era o efeito de uma sobreposição da memória das convulsões febris da minha primeira infância sobre o meu corpo adolescente.

Só muito mais tarde, quando passei a fazer exames de sangue com alguma regularidade, foi que eu descobri que o desmaio tinha a ver com pânico de injeção e não com a tal substância misteriosa ou com a volta das velhas convulsões.

A secretária caminha na minha frente ditando o ritmo. Reparo que graças ao salto alto ela fica da mesma altura que eu. O cabelo preto liso chega a um palmo da lombar. Ela abre a porta e sem soltar a maçaneta sorri para que eu avance para dentro do consultório.

O médico não enfia o dedo no meu cu.

Sua próstata tem o tamanho normal para a sua idade, quarenta e cinco anos, vinte gramas. O PSA, mesmo dentro do padrão, está mais alto do que eu gostaria. Vamos repetir os exames, ok, você se lembra do preparo?, acho que sim, não andar de bicicleta nem a cavalo, não se masturbar ou ejacular três dias antes da coleta de sangue. Melhor quatro. Para termos certeza. Ok.

O sol queima a minha camiseta preta, queima as costas negras do vendedor de pulseirinhas que enquanto caminha na areia fofa e escaldante carrega nos ombros um cilindro de PVC comprido envolvido com tiras multicoloridas de diferentes espessuras. Fico pensando se foi ele mesmo que realizou todo aquele trabalho manual.

Na fila do mercado da Ilha um homem hesita em entregar dois litros de leite para a moça do caixa finalizar a compra. Parece que está distraído. A caixa se impacienta, eu também. Ele usa um par de botas de trabalhador dessas vendidas em lojas de material de construção, jeans e uma camiseta promocional com cores neon desbotadas de uma estação de rádio enfiada dentro da calça. Os olhos revelam uma idade que não corresponde aos vincos da pele. Os olhos miúdos ardem como se ele estivesse pronto para atravessar o Liso do Sussuarão, mas ele só precisa voltar antes que anoiteça para a reforma que está fazendo no banheiro de uma casa de veraneio.

Reparo melhor e são queimaduras de fato na pele e não o efeito do trabalho de anos na roça sob o sol do sertão nordestino. Os braços estão deformados, aquela cor de carne na frigideira, indefinida, em transformação, mudando de aspecto e se contorcendo com microexplosões.

Só então percebo que ele está mentalmente calculando se terá dinheiro para levar também os dois litros de leite que acolhe entre as mãos apoiados sobre a esteira enguiçada. Penso em me oferecer para pagar, mas ele por fim decide levar tudo e saca do bolso umas notas amassadas misturadas com areia da praia. A caixa pega o dinheiro com nojo e joga com impaciência o troco na sacolinha com as compras e a nota fiscal que se enrola em si mesma antes de grudar num pacote suado de conteúdo indefinido. Odeia o Queimado.

A caixa odeia a pobreza do Queimado misturada com as deformações físicas porque representam duas faces da mesma moeda. Odeia que ele faça com que ela se lembre da própria infância, dos espancamentos, da vida no vilarejo vizinho à Mombaça e do risco de a qualquer momento estar na mesma situação de contar os centavos para alimentar a filhinha de cinco anos.

Dou as costas para esse mundo de moedas, queimaduras e angústias e caminho salivando muito enquanto volto para dentro do meu corpo doente, todo o remorso concentrado de uma vida.

Os dois PMs fazem a gente descer do Opala azul-escuro do pai do Guga. Ninguém sabe se eles encontraram o baseado que o Cris jogou pela janela quando percebemos a batida. O Guga fica puto com o Cris.

O Guga foi o que mais cedo entre nós assumiu o papel de homem: calça jeans, camisa em vez de camiseta, conversava de igual pra igual com os adultos. Minha mãe até estranhou, acho que não gostou.

A família dele se mudou para o prédio depois que eles perderam boa parte da herança da mãe. Era uma família tradicional do interior de São Paulo, daquelas em que primos casam com primos etc. Tiveram que se mudar do Morumbi para Pinheiros, um deslocamento pequeno, mas nada desprezível socialmente. Na época o Guga tinha uns dezesseis anos e já veio com esse estilo pronto. Usava meias com losangos coloridos que eram vendidas na lojinha de produtos náuticos dos pais, a duas quadras do prédio. Preferia as roupas de frio, camisa de manga comprida mesmo quando estava um pouco quente, lenço no pescoço, e se orgulhava de saber fazer fondue. As duas sobrancelhas levemente unidas e o nariz sempre entupido por causa de algum processo alérgico lhe conferiam uma feição de animal aquático. As meninas gostavam dele. Não era bonito nem nada, mas era tão extrovertido que causou uma impressão nova em todos nós.

Já eu, o Cris e o Dinho cumpríamos perfeitamente o figurino e o roteiro dos adolescentes que dependem dos pais pra tudo. Bermuda, camiseta e chinelo, ombros vermelhos de sol, perambulando chapados pelas ruas do bairro, quase sempre sem dinheiro, já que nenhum de nós trabalhava.

O fumo era bom, mas o jeito foi jogar fora. A onda some com o medo. Um dos PMs segura o .38 de forma displicente. Uniformes de tecido grosso cinza-chumbo, coletes à prova de bala, botas brilhantes e pretas. Não encaro nenhum deles. Mantenho os braços para trás como vi diversas vezes em cenas desse tipo no cinema. Olho para baixo e acho ridícula a minha bermuda verde e rosa e os chinelos pretos com tiras grossas de náilon azul-escuro. Foram presentes de Natal para as férias na praia. Percebo naquele instante que preciso cortar as unhas dos dedões dos pés e me esforço para não rir. Travo os dentes.

Os PMs estão sem a identificação no uniforme. No lugar do nome está aquela parte macia do velcro preto, toda cheia de fiapos. Eles falam sem rodeios que querem grana. O Guga vai ao caixa eletrônico sacar. Ok, a gente espera. (E se ele não estivesse com a gente?) Ele trabalhava meio que de faz de conta na lojinha do pai, mas graças a isso sempre andava com algum dinheiro, ou quase sempre. (Eu não tinha nem conta no banco.)

Passa um ônibus lotado com porteiros exaustos e empregadas domésticas impacientes porque ainda precisam cuidar dos próprios filhos quando finalmente chegarem em casa após mais um dia de trabalho nos edifícios da classe média paulistana. Não consigo olhar de volta nos olhos deles e encaro novamente os meus pés.

A filha do porteiro da noite do prédio foi encontrada morta numa rua qualquer da periferia. Tinha quinze anos, parece. Ligaram para ele avisando que ela havia caído de um carro em movimento. Tudo bem, assim que acabar o meu turno eu vou. Ninguém vai investigar nada. O prédio vai oferecer três dias de folga para que ele organize o velório. O síndico vai apertar a mão do porteiro da noite e falar que sente muito enquanto olha nos olhos dele com um misto de sinceridade e impaciência.

Quando eu for esvaziar o apartamento dos meus pais, o porteiro da noite ainda vai ser o mesmo, a cabeça toda branca, óculos de grau, e uma raiva latente que jamais desaparece do sorriso armado automaticamente dezenas de vezes por noite.

Os moradores acreditam que porteiros e empregadas domésticas existem unicamente para serem explorados:

• Olha, comprei um cachorrinho, você leva pra passear, tá?, senão ele suja a casa toda e sobra pra você.

• No fim do ano tem que vir regar as plantas.

• Não vai me deixar na mão na noite de Natal.

• Tem que pegar as compras lá embaixo.

• Deixa vai, só um pouquinho.

• Vai de táxi buscar o Cris no clube, você volta logo, ainda vai ter ônibus no terminal.

• Leva pros teus filhos essas sobras, tá tudo limpinho, claro.

• Vai com Deus.

O Dinho inventou de comprar um .38 e de vez em quando a gente atirava em garrafas vazias num terreno baldio lá em Caraguá. Ele era dois anos mais velho que eu e o Cris, e só usava camiseta regata, mesmo no inverno. Levantava peso numa academia do bairro mas o corpo não mudava, como se até os músculos seguissem um processo irrefreável de inércia. Ninguém se preocupava se atrás daquele mato todo duas ou três crianças poderiam estar brincando de pega-pega com camisetas de manga comprida por causa do frio da manhã. Eu era o que mais acertava, sem nunca ter praticado.

Na casa do Alex em Caraguá, o caseiro guardava a arma debaixo de um travesseiro na cama de cima do beliche do quarto de hóspedes. Ele dizia que era pra filhinha dele não mexer. A casa não tinha decoração alguma. Parecia que ainda ia ser ocupada, mas os pais do Alex já tinham frequentado a casa durante muito tempo e não apareciam mais havia anos. Paredes brancas, sofás forrados com lonas impermeáveis e o maior número possível de colchões em cada quarto. A despensa sempre vazia, os gabinetes dos banheiros com as portas escancaradas para não mofar a madeira das prateleiras, um estoque de todo tipo de repelentes, nenhum em bom estado. Compraram uma casa melhor em Bertioga em um condomínio fechado e a antiga ficou lá esquecida.

O caseiro era fã de Raul Seixas, tocava violão e cantava "Cachorro-urubu", já tinha sido preso por assalto à mão armada, vendia fumo ali mesmo na casa dos pais do Alex. Dava medo ver as marcas de agulha na veia grossa do braço esquerdo dele.

A mulher do caseiro olhava tudo da edícula, um olhar de quem tá sempre se despedindo, lava a louça concentrada e de vez em quando encara o infinito pela janelinha emperrada por causa da maresia. Era um ensaio para o que ela sabia que inevitavelmente aconteceria: as visitas com a filha ao presídio, os pedidos do marido para ela entrar com cigarro e não sei mais o quê. Ainda iria passar muitos anos diante daquela mesma janela esperando que um dia o marido voltasse. Barba por fazer, passos lentos, derrotado, mas vivo. (Ninguém vai erguer estátua de vinte metros na avenida Santo Amaro para homenagear esse tipo de criminoso.)

A gente dava risada com ele, mas as histórias dos assaltos, de como ele abordava alguém na rua, assustavam. Ele pedia para que um de nós ficasse de pé e fazia a simulação do crime. Não dá pra fingir com tamanha perfeição.

Encontrei com o Guga exatos vinte e dois anos depois do dia da batida policial e curiosamente ele me pareceu um garoto fantasiado de adulto, querendo parecer jovem a todo custo, exagerando nas gírias e tentando passar a imagem absurda de quem não se preocupa com nada, não carrega peso algum, arrependimentos, nada. Isso prestes a completar cinquenta anos.

De madrugada na estradinha entre Piracicaba e Águas de São Pedro meu pai apaga os faróis por alguns segundos para mexer com a gente. Dava medo mas eu sempre pedia mais. Minha mãe se irritava, e parece que isso fazia com que eu quisesse que meu pai mantivesse por mais tempo ainda o farol apagado. A estrada não tinha iluminação, era só mato dos dois lados. A gente se sentia numa viagem espacial, ou aterrissando com um bimotor numa pista clandestina no interior da Colômbia em plena madrugada fria amazônica. Depois de uma subida da estrada meu pai acendeu os faróis para se certificar que não haveria alguma curva pela frente. No mesmo segundo um carro que vinha em sentido contrário e o pai fazia a mesma brincadeira com as duas filhinhas enquanto a mãe se queixava também acendeu os faróis. Só deu tempo de ver os olhos arregalados da outra família, ou os nossos refletidos no vidro dianteiro do carro deles. Os corpos das duas famílias se entrelaçando em câmera lenta enquanto brilhavam cobertos de pó de vidro e sangue vermelho vivo. Nenhum sobrevivente. Carne, gordura e pele queimada misturadas ao ferro quente e retorcido. Os faróis ainda acesos formando uma grande e sinistra fogueira no topo da colina.

Na noite da batida policial, entro no meu quarto e dou de cara com o mini-system que ganhei de Natal. Me sinto mal. Chegou?, sim, cheguei, dorme bem, tá.

Há alguns cristais na cabeceira da minha cama, presente da massagista japonesa do meu pai. Ela tratava as enxaquecas dele e de vez em quando eu ia lá, devia pesar uns cem quilos e usava roupas de ginástica estilo anos oitenta. A casa dela, onde ela atendia os clientes, ficava num bairro afastado, muito verde, meio frio, numa rua sem saída na zona norte.

Uma vez ela bebeu uns produtos de limpeza para tentar se matar. Não deu certo, a mãe velhinha e a filha com o piloto da Lufthansa chegaram a tempo.

Acho que eu tinha umas dores nas costas, sei lá, devia ser desculpa pra quando eu não queria sair com o pessoal. Mas então pra que tratar? Vai lá, é sempre bom relaxar um pouco. Ela me explicava que eu vivia me esquecendo de respirar. (Como é possível?)

Ao lado do som estão os CDs do Zeca Pagodinho ao vivo, o novo dos Stones que o Clemente trouxe pra mim de Buenos Aires e o clássico do Velvet com a banana na capa.

Vou até o apartamento do Clemente numa tarde quente de sábado levando a fita VHS pirata do *Rock and Roll Circus* comprada na Galeria do Rock, seis Heinekens e um baseado. Ele era uns quatro anos mais velho que eu, a gente se conheceu através dos meus pais, acho, porque ele nunca andou com o pessoal do prédio.

Quando acaba a cerveja, ele me pede para abrir uma garrafa de vinho, mas eu não sei manusear o saca-rolhas.

A cirurgia para resolver a sinusite crônica do Clemente não deu certo. Ele teve uma hemorragia forte quando já estava em casa. Ele me conta rindo que parecia cena de filme do Tarantino, o chão coberto de sangue, ele com a cabeça tombada pra trás, com a ponta do pano de prato enfiado na narina esquerda, gritando em espanhol pelo interfone com o vizinho que não entendia porra nenhuma.

As luzes se apagam, o Clemente me agarra pelo braço e depois de uma corrida alucinada de uns trinta metros, empurrando casais, chutando copos e pisando nas pernas de quem estava começando a se levantar, estamos finalmente na grade. Me assusto ao ver Mick Jagger de tão perto, com dimensões humanas.

Imagino meus pais na loja do shopping escolhendo entre os diferentes modelos de aparelhos de som, querendo saber as vantagens, tem pronta-entrega?, essas coisas todas, parcela no cartão? Sei lá, acho que nunca consegui me alegrar com presentes, nem com elogios. Sempre me esforcei bastante para interpretar o papel do sortudo. (Mas quem eu era então?)

Antes de me deitar sem tomar banho como um donut com recheio de doce de leite e deixo o prato sujo de açúcar na pia. A caixinha laranja e rosa fica largada aberta na mesa de jantar sobre o jogo americano com estampa de grama.

Tô atrasado para a entrega do prêmio. Chove fraco o dia todo e a cidade para. Fica frio demais com o ar-condicionado ligado, mas desligado não dá pra abrir os vidros porque a chuva molha o meu braço esquerdo. Compulsivamente eu:

ligo o ar;
desligo o ar;
abro a janela;
me molho;
fecho a janela;
repito a operação.

O Waze alterando a rota o tempo todo começa a me irritar, o barulhinho que faz ao recalcular o caminho, vire à esquerda em rua Venezuela, depois, mantenha-se à direita para avenida Nove de Julho. Desligo aquela merda, prefiro o trajeto de sempre, as linhas retas, detesto o caminho labiríntico sugerido pelo aplicativo. Tento evitar que o cinto amasse minha camisa preta comprada especialmente para o evento, e de tanto ficar com a mão sobre a barriga para criar uma distância entre o cinto e a roupa começo a ficar enjoado. Desligo o som. (É estranho, mas sinto um leve enjoo enquanto transformo as imagens da memória daquela noite nesta sequência de palavras.)

No dia seguinte, sem o menor sinal de ressaca, decidi que era chegada a hora de mudar. Era o fim dos dias de improviso e incertezas. Montei cuidadosamente um roteiro para a vida dali em diante:

• Declarar a versão completa do imposto de renda.

• Nadar três vezes por semana.

• Reduzir a ingestão de carne vermelha.

• Responder a todos os e-mails e aceitar todos os convites para mesas e palestras.

• Fazer check-up anual.

• Não deixar a conta no vermelho.

• Ter um plano de saúde independente do empresarial do meu pai.

• Lavar a garrafa pet de Coca-Cola antes de colocar no lixo reciclável.

• Ter uma conta na Netflix independente da do meu pai.

• Me incomodar com:

1) a pintura descascando na parede do quarto.
2) a cortina rasgada na sala.
3) o rodapé de madeira solto.
4) o fogão quatro bocas que só acende duas.
5) a barba mal aparada no queixo.
6) a janela da área de serviço que não fecha direito e entra água quando a chuva é de vento.
7) a luz interna do carro que não acende quando a porta tá aberta.

8) o jeans fora de moda.
9) o morador de rua que vive todo mijado no quarteirão da minha casa.
10) o All Star preto surrado.

Meu corpo parece fervilhar pelo futuro que me aguarda. Todas as opções estão em aberto. Toca o interfone. É sexta à noite. Tenho dezessete anos. É o Cris me chamando pra encontrar o pessoal no bar do Mário e de lá para o aniversário da Mary, namorada do Dinho. Uma eletricidade atravessa a nossa pele e nos envolve numa grande corrente invisível e potente. É uma alegria nervosa, violenta, que faz com que do décimo segundo andar ao térreo o elevador pareça demorar três dias.

No bar as primeiras cervejas são engolidas com sofreguidão. Chega um, outro, irmãs, amigas, namoradas. A mesa se torna um mesmo corpo orgânico. Não existe mais família, colégio, futuro, porra nenhuma. As mesas de ferro fazem um barulho muito específico, um batuque sincopado de copos e garrafas e isqueiros lançados sobre ela sem parar, o estampido das garrafas sendo abertas também sem parar e as cadeiras arrastadas no asfalto áspero da calçada.

O Alex passa de carro e grita alguma coisa. Todo mundo ri. A euforia só aumenta, feito praga ou algo assim, incontrolável. O banheiro sujo como sempre, ninguém limpa, ninguém liga, nem as meninas que sempre entram lá aos pares ou trios e saem gargalhando enquanto se entrelaçam excitadas com as promessas da noite, se dobram pra frente como se fossem pegar algo no chão para no segundo seguinte se erguerem, soltam baforadas confiantes de fumaça do cigarro que passa de mão em mão. No lado de dentro da porta vermelha do banheiro alguém escreveu com canivete: APOIEM-SE NO VASO. PARA MERGULHAR EM SEGUIDA.

Os subgrupos se formam com destinos diferentes. Os carros vão sendo ocupados. As confusões de sempre na hora de pagar a conta. As bebidas pra viagem (sem cartucho de papel pardo).

Ninguém jamais nesse exato momento pensa em voltar. A vida é um constante adiantar a fita, como se as responsabilidades fossem cenas já vividas que não operam nem a favor e muito menos contra o que virá.

A enfermeira parece não compreender quando anuncio com a voz entrecortada, olhando para a ponta gasta do meu tênis, que vou abrir mão do tratamento. Reflito por alguns segundos se falei mesmo que iria fazer aquilo ou se apenas havia imaginado ter falado, influenciado pelo ensaio que li do Jean-Claude Bernardet.

O velho crítico de cinema havia testado positivo para HIV e superado um câncer e, aos setenta e pouco ou oitenta anos, o câncer voltou, a quimio o deixava impotente e então ele simplesmente disse chega. (Se eu pudesse reconstituir a cena eu diria que ele gritou "CHEGA!" e soltou o corpo magro e exausto na poltrona da sala da cobertura do prédio no centro de São Paulo, enquanto o roupão bege se abria na altura do peito, exibindo as costelas marcadas sob a pele já com aparência de papel-manteiga queimado.)

Dr. Miranda já vem te atender.

Depois de desmaiar pela primeira vez chapado de maconha sobre uma moto estacionada em frente ao bar Tijuana, passei a andar com um pouco de sal no bolso do jeans. (É pra subir a pressão.) Por sorte a moto não caiu.

Um casal me ajudou e eu disse que não sabia o que tinha acontecido, que eu tinha acabado de sair da casa dos meus avós e que nem beber eu tinha bebido. (Eu disse exatamente isso. Mas por que eu menti?)

O Dinho tava lá comigo mas não deu tempo de avisar que eu ia apagar. Ele achou que eu tinha fugido com medo. Uns caras da favelinha da Natingui estavam atrás dele naquela época, acho que ele devia uma grana ou tinha socado não sei quem que era primo de um moleque que conhecia uns caras de lá. Sei lá. Sempre rolava esse tipo de história com ele. Foda--se o Dinho também.

Uma morena bonita com hálito de cerveja pergunta se eu quero uma bala de hortelã. Acho a ideia absurda mas digo sim. Não rola nada, claro, mas no intervalo de quarenta segundos entre ela se preocupar comigo, entrar no bar e voltar com a bala na mão esquerda e sorrindo, eu imaginei a gente transando no banheiro, os dois de pé, ela de costas e olhando pra trás enquanto me beija na boca. Você tá bem?, pergunta com a mão direita nos meus ombros, tô sim, valeu. (Se fosse hoje eu iria procurar por ela no Instagram e mandar um coração amarelo. Lembra de mim?)

O Guga passa de carro por lá e é um alívio não ter que andar as doze ou treze quadras da Vila Madalena até o prédio em Pinheiros ouvindo o Dinho falando sem parar que eu fugi e não sei mais o quê.

No carro não consigo me lembrar do nome dos meus pais. Sinto um medo verdadeiro. Todo mundo ri. Em todo caso coloco um pouco de sal na boca seca.

Cortei o braço no tombo sobre a moto. Só percebo no dia seguinte por causa do sangue seco no lençol. Umas veias fininhas muito vermelhas também apareceram no branco do olho esquerdo.

O Dinho teve uma crise de hipoglicemia e arrancou o portão da casa da avó dele dando ré no Ford Versailles vinho do pai. (A diabetes quando se manifesta cedo pode causar a amputação de membros na velhice.) Ele insiste que o cachorro sabia quando ele ia ter uma crise, o que era engraçado, porque não fazia a menor diferença.

Sinto um pequeno caroço na virilha enquanto assisto um filme qualquer numa segunda depois do almoço esticado no sofá.

A camisinha estourou.

Quando fico a sós com o médico do meu avô aguardando alguma instrução sobre os cuidados dele em casa, comento sem graça sobre o caroço e ele apalpa a minha virilha. Diz que é uma íngua. Penso numa droga lisérgica do deserto mexicano, mas na verdade é uma espécie de inflamação sem grandes consequências, e sem que eu fale nada ele me diz para relaxar, que não era Aids. Se inchar mais eu te passo uma pomada com corticoide, legal.

O pior que podia acontecer era ser o motorista. Todo mundo chapado, o som no talo, cada um falando uma merda qualquer, um empurra-empurra sem fim, gargalhadas, cinzas de cigarro e espuma de cerveja por toda parte, o banco queimado, as brigas, vira aqui, não, ali, pra lá, caralho, kkkkkk, ninguém decide pra onde quer ir e o coitado do dono do carro tendo que segurar a onda pra não bater ou ser preso.

Aviso que quero voltar pra casa. Ninguém entende. Nem eu.

O porteiro do prédio me cumprimenta com um sorriso malicioso. Vive falando pra quem encosta na portaria que a gente tá viciado, cheirando cocaína e dando o cu. Talvez não aguente mais passar a madrugada abrindo o portão para os adolescentes zumbis do prédio. O síndico proibiu a TV portátil na portaria, é pra ficar de olho na rua. Não sinto raiva nem nada. Reforça a imagem de rebeldia.

Os pais de um garoto do primeiro andar não querem mais que o filho ande comigo. Tanto faz. Apesar da enorme cumplicidade entre a gente por causa das drogas, o fato é que quando um pula fora, ninguém liga. É uma falsa irmandade. Não há fidelidade de nenhum tipo, o que pode ser difícil de entender para quem observa de fora. Tá todo mundo o tempo todo tentando se dar bem, escondendo fumo, mentindo que não tem entrada VIP pra festa, que tá sem grana pra tentar beber de graça, escolhendo quem vai e quem não vai pra praia e todo tipo de golpe baixo e rasteira. Esse é o nosso dia a dia.

Ninguém percebe essa dinâmica porque há uma alegria genuína a cada encontro, o que no fundo não prova que a gente goste um do outro individualmente, mas que é preciso existir uma turma para que a coisa funcione. Quanto mais melhor.

Kerouac sacou bem essa questão do egoísmo quando o Dean deixa o Sal pra morrer lá no México. Ele precisava cuidar das próprias coisas e "adiós, amigo". Quando eles se reencontram em Nova York, anos depois, também é sincero quando o Dean fala pro Sal que o ama. Não é falsidade. É outra coisa. É uma nostalgia da vida desregrada que se perdeu em algum ponto do passado. O Sal tá vestindo um traje formal com amigos igualmente babacas que o chamam para ir embora enquanto o Dean tá ali meio maltrapilho, com um olhar derrotado e suplicante, e a gente fica sem saber quem tá pior nessa história. (E eu, em qual dos dois eu me transformei?)

Ninguém nunca encheu o saco do Kerouac com a autoficção, ele trocou alguns nomes e pronto.

O Dean roubou da minha mala em Caraguá um talão de tíquete-refeição que meu pai tinha me dado. Acho que era de um ex-funcionário da agência de publicidade dele e o talão acabou esquecido numa gaveta. (A agência, apesar de pequena, oferecia esse benefício, como se diz no jargão empresarial.)

Vira e mexe eu pagava o lanche pro pessoal na padaria da esquina da Artur de Azevedo com a Joaquim Antunes. Hoje aquilo virou uma sorveteria hipster. Não tenho paciência, preferia o bar com a gordura colada nos rejuntes dos azulejos beges com estampa floral e a geladeira de cerveja do lado de fora do balcão.

Um amigo do bairro me falou na frente do Dean que ele tinha roubado o talão de tíquetes. Eu já desconfiava, mas tinha deixado pra lá. Banquei o maduro e olhei com desprezo pra ele. Virei as costas e fui embora da festinha tomando uma long-neck morna.

Era um churrasco no apartamento do Dean e tava todo mundo lá, todo mundo doido pra ver uma confusão, atiçar a briga e depois o fogo, passar o resto da noite comendo carne e comentando o soco no queixo, o chute no estômago, cê viu?, caralho, que foda. O Dean ficou com um sorrisinho desafiador no rosto, esperando, os olhos brilhando por causa do fumo e também da excitação da iminência de uma briga, mas ele gostava de mim, se fosse outro, apesar de ter roubado, ele ia ficar ofendido com a acusação e começar um empurra-empurra até dar o primeiro soco.

A Mary era namorada dele nessa época e apesar de legal parecia se excitar com essas demonstrações de valentia. Era loira e absolutamente comum, mas todo mundo gostava dela.

Encontrei a Mary mais de vinte anos depois, sem querer, no Instagram. Fiquei feliz de verdade com esse reencontro mediado pelo aplicativo. Primeiro fiquei na dúvida se era mesmo ela. Até que passei por uma foto em que ela está sorrindo e pelo desenho da gengiva sobre os dentes da frente de cima eu não tive mais dúvida. E aí, lembra de mim? Caralho, milhões de neurônios queimados juntos, kkkkk. Recebi de volta respostas curtas e educadas, típicas de quem não gosta de reencontrar fantasmas.

A Joana foi embora do churrasco do Dean comigo. Ela me achou o cara mais maduro da turma por eu não ter topado a briga e a gente acabou se beijando num bingo naquela noite.

Na verdade eu era o mais covarde. Ela me contou que já tinha feito um aborto, foi uma forma de demonstrar intimidade. Depois voltou com o mesmo cara que não quis o filho. Ninguém gostava dele, meio sem motivo, já que a história do aborto até onde eu sei ninguém mais conhecia.

Não me deixaram entrar de regata no bingo, então peguei uma camiseta de yoga do meu pai no porta-malas do carro. Ficou muito justa e a Joana ria toda vez que me olhava. Depois essa história da camiseta da yoga virou lenda. Uma piada íntima nossa. Não era tão engraçada assim, mas ela tava chapada e a gente se gostava.

Perdemos a noite toda e ela morava longe. Ela era meio argentina, ou uruguaia, não tenho mais certeza. Tinha muita gente viciada em bingo naquela época. Umas velhinhas com os olhos miúdos fixos na cartela, os aparelhos auditivos ajustados no volume máximo para não deixar passar nenhum número, arrasando com a aposentadoria antes do fim do mês.

Para, tá vermelho!, cê tá louco?

Acabei dormindo no carro estacionado na frente do prédio dela. Tava chapado demais pra voltar pra casa ou pra pensar em entrar. As poucas oportunidades como essa eu costumava desperdiçar, não dava aquele passo mínimo esperado.

O esperado era que eu quebrasse a cara do Dean, mas provavelmente eu ia acabar apanhando.

Os reencontros no salão de festas do prédio vinte anos depois são sempre constrangedores. Não saberia dizer o motivo dessas reuniões, quem tem a ideia, envia os convites, compra as bebidas e os salgadinhos. Depois de um tempo eu parei de ir e também não respondo as fotos marcadas no Facebook. (Vou bloquear todos eles antes do lançamento deste livro.)

Os pais com aquela conversa fiada de nossa, que turminha legal era a de vocês, e a gente ouvindo tudo segurando um sorriso amargo e aguentando nos ombros o peso nada desprezível de muitos arrependimentos, futuros que não se confirmaram, o gosto da cerveja morna. Mas não cola, no fundo eles queriam outras amizades para os filhos. Provavelmente estavam certos, os filhos jogando tudo no lixo, o potencial real ou imaginado por eles.

As vidas duplas, uma em casa, calado, introspectivo, e a outra da porta pra fora, festiva e irresponsável. Mundos que quase nunca se tocam, mas quando acontece, surge muito mal-estar e remorso, ou ressentimento, e no sentido contrário raiva e impaciência. Ninguém rasga um cheque em branco e tudo bem, ou renuncia às próprias descobertas de prazer e gozo e segue feliz. De vez em quando, no mundo de fora você projeta um futuro estável por alguns segundos e dá vontade de voltar, pegar os cadernos e começar a estudar, consertar tudo, sei lá, no fim ninguém faz isso. (Se der pra transformar em literatura, menos mal.)

Meu rosto tá deformado e eu só percebo quando entro no elevador social do prédio. Sinto que tô há horas me encarando. A roupa amarrotada e malcheirosa, o cabelo desgrenhado, a pele oleosa e um brilho muito específico recobrindo o vermelho dos olhos. Sinto um pouco de medo dessa minha imagem mal refletida. Me pergunto se o espelho tem alguma curvatura e se um pouco de mofo mancha o meu reflexo. Um medo idiota, confesso, o mesmo sentido pelo narrador do *Terceiro Reich* do Bolaño. Apesar de naquela cena haver toda uma complexidade envolvendo a inclinação da parede em que está o espelho em relação ao balcão do hotel onde está o narrador. Em determinado momento o narrador e o vigia não podem enxergar seus próprios reflexos no objeto retangular e apenas ouvem as vozes um do outro e veem com intensidade desproporcional certas luzes do saguão. O narrador finalmente entende o segredo, mas mesmo assim não deixa de sentir o sangue fugir das extremidades do corpo.

Ele destrata o coitado do vigia noite após noite, considera esses empregados espanhóis uma raça inferior e é doido para transar com a alemã dona do hotel dez anos mais velha que ele. Acho que não rola, não fui até o fim do livro. Só vi eles se beijando. O marido dela, um espanhol mais velho, tava sempre doente num quarto grande do hotel, localizado sobre a lavanderia. As lembranças do narrador são desse espanhol quando era jovem, na época em que o narrador frequentava o hotel com os pais.

A garçonete do hotel em Águas de São Pedro fala no café da manhã para os meus pais que eu ainda vou dar trabalho, e me dá uma piscadinha. Ela devia ter uns vinte e pouquinhos e eu doze ou treze. Meus pais ficam orgulhosos com o futuro do filho. Fico sem graça.

Assim como o narrador do *Terceiro Reich* e a dona do hotel perto de Barcelona, eu e a garçonete nos reencontramos muitos anos depois, eu já adulto, sem meus pais.

Era uma daquelas noites de verão típicas do interior, quando nada acontece mas há um mal-estar no ar, um calor pegajoso.

Ela vem caminhando nua pela rua principal. Os cabelos molhados, apertando o próprio bico escuro do seio esquerdo com a mão direita e se queixando da dor intensa, choramingando algo incompreensível, como se não fosse ela mesma a causadora da dor. (Dependendo da voracidade do bebê, o sangue escorre junto com o leite.)

Ela não pode imaginar que mesmo na minha situação privilegiada de eterno turista, o passado também não se realizou como ela havia previsto ao ler minha mão macia no restaurante do hotel, ela já não pode imaginar mais nada quando tem início a terapia de choque no prédio anexo da Santa Casa da cidade. (Reconheço agora, daqui de onde escrevo, a textura e a temperatura exatas do piso do lobby do hotel Jerubiaçaba sob meus pés descalços e ainda molhados com a água da piscina. Essa criança tornou-se um estranho para mim. Como fechar as portas desse tipo de memória?)

Era dia internacional do rock e na manhã seguinte tava combinado de eu ir para Águas de São Pedro de ônibus leito com a minha avó. Dormi sem arrumar a mala. O banco reclina bem, melhor que o avião, né?, verdade.

A fita só grava quarenta e cinco minutos do programa especial da 89 FM enquanto em Seattle Kurt Cobain estoura os próprios miolos com uma espingarda comprada na loja de penhores da esquina onde anos depois a Amazon abriria a sua primeira livraria de tijolo e vidro.

Mal pisamos na cidade e o Jef já encostou no hotel avisando que tinha um fumo do bom. Já volto, tá? Me espera pra jantar. Ela acabou comendo sozinha em frente à TV. Sorriu pra mim de dentro do sonho quando entrei no quarto chapado e meio bêbado. Era estranho ela ali sem os óculos. Eu nunca vi a dentadura fora da boca da minha avó. O prato com os restos de comida e os talheres caídos no carpete marrom me fizeram pensar na cena de um crime.

No bingo das noites de sábado no hotel Jerubiaçaba, o rapaz da recreação fazia aquelas piadas já sem graça para anunciar certos números: o da sorte, dois patinhos na lagoa, o maricas. Minha avó ria pra valer.

Não foram poucas as vezes que acabei dormindo no tapetinho do banheiro. Naquelas de passar mal ou não, ali acabava sendo o lugar mais seguro da casa, e a posição fetal é a melhor que eu conheço contra o enjoo.

"Não participou de nenhuma ação delituosa, nem mesmo estava ligada ao MR8, e se por acaso for considerada responsável por aquilo que disse, pede que seja tomado em consideração o fato, como salientou, de que não aguentava mais a pressão à qual fora submetida e até mesmo coagida. Deseja ainda esclarecer suas atitudes, pois estava grávida de três meses ao ser presa, tinha receio de perder o filho, o que veio a acontecer no dia sete de abril nas dependências da Oban."

Foram doze facadas pelas costas na noite das eleições de 2018. O assassino se arrependeu, disse que perdeu a cabeça e que não sei mais o quê. Dr. Miranda não entende por que não proíbem a cachaça de uma vez por todas na periferia. Essa gente...

O tratamento começa amanhã. Não consigo repetir o que imagino ter falado para a enfermeira, que quero abrir mão de tudo. Só consigo falar que o Bolsonaro é mesmo um bosta enquanto cravo as unhas na palma das mãos e lentamente o ar se torna difícil de ser puxado dentro daquela estufa branca de temperatura controlada.

Dr. Miranda tem os cabelos brancos perfeitamente alinhados e estranhamente cheios para a idade. Ele se vira devagar para a tela do computador que fica na mesa lateral enquanto comenta com alguém que parece estar atrás da cortina, visível para ele e para a plateia, mas não para mim, que o Terceiro Reich não foi tão ruim assim. Foi a vontade do povo alemão, certo?

Nesse exato instante vejo o dr. Miranda de perfil, as duas narinas continuam viradas na minha direção. A feição de um porco monstruoso, a lama imunda cobre a mesa de vidro, o jaleco branco e o bloco de receitas, o guinchar de dezenas de porcos furiosos faz com que eu tape minhas orelhas com as mãos e quando tento fugir escorrego na imundície. Eu grito mas não há som, os microfones estão desligados durante o ensaio, protejo meu rosto para não ser pisoteado pelos animais que se agitam cada vez mais.

Dr. Miranda se vira então na minha direção com a receita na mão direita e o indefectível sorrisinho no canto do lábio. O consultório volta a ter a aparência asséptica de sempre, exceto pelo cheiro de merda da pocilga imunda que nunca mais vai desgrudar do interior das minhas narinas.

Quem olha distraidamente não vê nada demais naquela clínica em tons pastel na Vila Mariana, com estacionamento para quatro carros na entrada, sempre vazio. Na sala de espera só há mulheres, todas jovens. [...] uma densidade azeda no ar, nenhuma delas ousa encarar as outras nos olhos e nem tampouco tem energia ou coragem para mexer nas revistas que seguem organizadas como soldados num desfile militar sobre a mesinha de centro de vidro. A secretária encara [...] filho do Bolsonaro [...] mulheres de direita são bonitas e higiênicas. Ela tem nojo [...] putinhas. [...] Diferente de um obstetra [...] choque elétrico na vagina, soco no estômago e uma boa meia hora de pau de arara. O pagamento deve ser realizado [...]. Sonho que um pit bull rói minha perna. Não sinto dor, sinto medo. [...] A secretária se revolta com o valor pago [...] A Joana sentiu algumas tonturas uma semana depois do parto, já tava casada, encenando com convicção a vida estável, a expressão dura engolindo todos os segredinhos indecentes, [...] canto antigo do cérebro, melhor assim. Ainda morava com o marido e o recém-nascido na quitinete da mãe, o apartamento novo tinha sido pintado e o cheiro de tinta [...] O sangue seco no lençol aos poucos se transforma numa casca fina e marrom, como se estivesse cicatrizando um corpo mole, enorme e morto [...] O médico recomendou [...] tontura muito forte, falta de ar, medo, mas não deu tempo. [...] A coleira arrebentou [...] A hemorragia interna agia silenciosamente. Um gotejar de morte se espalhando livremente por todos os vãos do corpo ainda flácido do parto. No hospital [...]. Sinto muito [...] Ai, hija mía! No, no, Dios!

Minha mãe nunca dormiu direito. Passava as noites em claro, fumando, nervosa. Tava sempre com a revista *Veja* no colo, mesmo com a luz apagada. Ela discutia com os alunos a entrevista das Páginas Amarelas e preparava mentalmente para mim as arapucas no sofá preto com bolinhas brancas.

A brasa do cigarro flutuava por uma área delimitada da sala como um vaga-lume preso numa gaiola invisível até que eu chegava e não sei como ela acendia o abajur da mesinha no mesmo segundo em que eu pisava no carpete cinza da sala. Sempre desconfiei que ela mantinha o polegar esquerdo no botão preto do abajur, como se fosse o controle do fluxo de morfina pingando no acesso da veia de um moribundo.

Ela me pede um beijo para tentar adivinhar pelo meu hálito o que eu havia tomado, mas era uma mistura tão caótica de maconha, cerveja, pinga com Cynar, hot dog com purê e batata palha e por fim um gole de Coca-Cola sem gás e três fatias de presunto da geladeira de casa antes de entrar na sala, que duvido um pouco que ela pudesse descobrir o que tinha rolado só com aquela baforada de dois segundos. Mesmo assim eu prendia a respiração e seguia concentrado em direção ao quarto para não cometer nenhum deslize.

A maconha altera a audição e não foram poucas as vezes em que eu respondi algo para os meus pais sem que eles tivessem perguntado nada.

Nunca comentei sobre o hálito dela de nicotina ou sobre o do meu pai de uísque, e eles nunca prenderam a respiração para me beijar quando queriam que eu dormisse logo porque os amigos estavam impacientes na sala e nessas horas uma criança de quatro ou cinco anos só atrapalha.

Talvez o nascimento do filho de um casal de apenas vinte e poucos anos tenha frustrado os planos de experimentar um ménage à trois, ao menos uma viagem de LSD, entre outras opções já de fácil acesso naquela virada dos anos setenta para os oitenta. Ou vai ver que eles já estavam programados para buscar as seguranças todas ditas necessárias e a bebida de vez em quando fosse a válvula de escape necessária, assim como o cigarro, a viagem para o exterior, qualquer destino menos a América Latina, e o cinema do Godard, entendeu alguma coisa?

O fotógrafo que registrava os judeus na fila da morte nos campos de concentração precisava encher a cara de vodca todas as manhãs para encarar o serviço. O livro sobre ele saiu no Brasil com o título *Fumaça humana*. (Ainda quero ler.)

Na noite depois de escrever o último parágrafo deste livro, sonho que eu e a minha ex-mulher, a Lina, decidimos convidar um homem para sexo a três. É um cara lá da yoga. Bonito, riso fácil e sincero.

Sempre me intriga como essas pessoas interpretam nos sonhos com tamanha precisão papéis inesperados sem nenhuma combinação prévia, ensaio ou passagem de falas.

Estamos numa casa de dois andares desconhecida, mais gente começa a descer a escada em caracol de madeira para participar da festa.

Enormes carpas passam por mim, o que me faz pensar que estou submerso numa água tão cristalina que é impossível notá-la, e onde estranhamente consigo respirar. Um pássaro destroça a mais bonita das carpas bem na minha frente e meu corpo flutua na atmosfera encantada com peixes voadores aleijados, nacos de carne laranja e branco voando ao lado de aves selvagens, olhos arregalados, sangue coagulado, nenhum desses animais parece ligar pra mim. Os medos e desejos foram desativados magicamente, alguém conhece o botão desligar.

Enfio na minha bolsa um exemplar de *Melancolia de esquerda* do Traverso que encontrei largado debaixo da cama. Fico com receio de que alguém note que estou roubando um livro, mas da casa de quem? Quem projeta as casas que habitamos nos sonhos? Aqui vai uma escada, atravessando essa porta um jardim, descendo a escada outro país, ruas de Hong Kong na esquina do canavial do interior de São Paulo, locais jamais vistos por nenhum ser humano, projetos arquitetônicos nunca projetados, sem planta baixa, sem engenheiro ou pedreiros. Mesmo assim há muita luta e conflito nesse universo mágico.

Tem dois pianos na sala. Quero tirar uma foto para mandar para a minha filha e para a Lina no México.

Tenho assistido a séries na Netflix que tratam de viagens temporais. Do terceiro episódio em diante eu já me perco, conheço gente que anota. Fico imaginando que este meu eu deve ser o original, sem graça, óbvio, covarde, escrevendo compulsivamente. Devem existir outros eus viajando por aí sem medo da morte, de se arriscar para além dos paraísos artificiais e portáteis.

Uma mancha cor de carne no carpete me assusta, a mesma cor de algo ainda vivo apodrecendo encapa a única nuvem que parece ter brotado no céu como um cogumelo no gramado molhado.

A mulher deitada de bruços não acorda, eu sim, assustado, e com a certeza de que perdera definitivamente o medo de transar com um homem. Em todo caso, abro a porta do quarto para confirmar que estou acordado e só vejo sombras projetadas no chão sem nenhum corpo, ainda estou sonhando, sem parar, me sinto livre com a ideia de não acordar nunca mais, viver com as carpas.

O hálito do meu avô era forte. Dava para sentir quando eu o beijava na bochecha dura e áspera. Ele tinha movimentos lentos e falava pouco. Em algum canto do corpo já morto ficou apodrecendo um pedaço de verdura escura cozida com alho e um naco de pão italiano.

É estranho que a quimio seja apenas engolir um comprimido e voltar pra casa. Dr. Miranda me avisa que no meu caso vai ser tudo muito tranquilo. Não acredito em nada do que sai da boca dele e consigo dizer com firmeza que quero abrir mão do tratamento. Dessa vez é pra valer. Ele me fala que as náuseas são bastante comuns e que gengibre desidratado pode ajudar. Tem na farmácia de produtos naturais da esquina.

Um conhecido reclama que os manifestantes estão depredando as lixeiras de Higienópolis.

Ninguém imaginou que terminaria assim. O smoking alugado para a festa de quinze anos da irmã do Dean tá imundo. Tudo bem, a empregada lava na segunda e a gente devolve na loja da Rebouças com um dia de atraso. Com sorte não vão cobrar nenhuma taxa extra.

Meus pais ficam com receio de que eu me afogue no meu próprio vômito ouvindo os sons que vêm do meu quarto. Me dirigem um olhar entre a preocupação e o orgulho por eu ter finalmente virado homem quando piso no tapete da sala. O cheiro do molho de alecrim com vinho tinto do frango me embrulha o estômago.

Meus olhos revelam o corpo moído, como os de um urso que finalmente sai da caverna após um longo inverno hibernando e já não consegue entender a realidade banhada pela luz do sol. É preciso um tempo e a ajuda de outros sentidos para que árvore volte a ser árvore, para que o barulho da água do rio correndo por sobre as pedras o faça pensar em peixes.

O advogado é dispensado com o aperto de mão firme do meu pai somado a um olhar sincero de agradecimento, como se ele houvesse garantido que eu estudaria sim na Ivy League. Meu pai fica com o cartão de visitas dele na carteira, just in case.

Queimaram uma concessionária Mercedes-Benz no centro. Black bloc.

Tomo uma Coca-Cola e desço para a quadra do prédio. Meu pai costumava convocar a molecada uma vez por ano para ajudar na pintura das linhas amarelas e brancas sobre o fundo verde. Depois rolava uma gincana e naquela época encerrar o sábado com uma pizza e refrigerante era a coroação de um dia perfeito. (Não consigo mais jogar.)

Eu e o Cris vamos para a escada de emergência do prédio em silêncio, como se num passo em falso pudéssemos acordar o irmão mais novo dele que finalmente pegou no sono depois de horas de birra e choro. Dividimos tudo em duas carreiras. A luz apaga depois de um intervalo programado de tempo que eu não sou capaz de calcular, o que atrapalha o serviço meticuloso e concentrado dele. É preciso acenar com o braço no vazio para que o sensor de presença note que dois moleques de um prédio de três dormitórios em Pinheiros estão dividindo a cocaína sobre uma caixinha do CD do Guns N' Roses na noite de uma quinta-feira qualquer. É da boa, valeu.

Ele trocou por um tênis Nike que a avó trouxe de Nova York junto com o último Mario Bros. Ele sonhou que o avião da avó explodiu no ar, mas os cartuchos milagrosamente foram entregues na casa dele. Me contou meio sem jeito, mas ninguém topa muito a avó dele mesmo. O gosto amargo é foda. Entramos em casa e vamos jogar Nintendo ouvindo Raimundos. Sem culpa.

A gente ficou no mesmo quarto na viagem pra Camburi. O pessoal desconfiava que a gente era gay. A gente andava pelado pelo quarto depois do banho e havia uma preocupação recíproca de não ser pego olhando sem querer para o pau do outro.

Minha voz sumiu por causa do vento forte no bugue e o Cris tinha nojo do bafo de cerveja das gêmeas que conhecemos por lá. (Não me lembro quem guiava naquela época, nós dois tínhamos menos de dezoito, talvez uma delas?)

Elas gostavam dele, falavam pra ele conversar com a garçonete para tentar passar a nossa vez na frente na fila do restaurante porque ele era bonito. O rosto dele tinha uma beleza estranha, muito concentrada, como se houvesse faltado espaço para distribuir tudo melhor. É curioso por que algumas pessoas têm essa testa muito curta, não dá pra saber se os olhos foram colocados exageradamente pra cima, ou se o couro cabeludo começou num ponto muito pra baixo. O fato é que mesmo com essa desproporção ainda assim ele agradava as gêmeas.

Elas morriam de rir, sem disfarçar o interesse, quando ele falava que gostava mais de chupar buceta do que de transar. Eu ficava sem graça, se me perguntassem eu não saberia responder. Será que eu iria gostar?

Depois de fumar um baseado na praia encostados numa canoa de pescador azul e branca, a gente acabou dormindo na mesma cama na pousadinha.

No dia seguinte a cama feita ao lado da nossa nos assustou e constrangeu na mesma medida. Quando saí do banheiro o

Cris tinha se mudado para a cama ao lado e tava dormindo completamente enrolado no lençol, como um peixe preso na rede, um lençol gigante impossível de ser aberto, sem princípio nem fim.

O irmão do Paulo foi o primeiro maconheiro que eu conheci. Ele tinha atitude. Dava pra ver de longe. Atraía todos ao redor. Já tinha repetido um ano no Pueri Domus, namorava uma das meninas mais legais da escola, os pais tinham casa em Ubatuba e ele fumava cigarro no recreio como se estivesse num filme ou algo assim.

Aquele tipo de gente que parece saber que as câmeras estão voltadas na direção dele, isso muito antes dessa merda toda de redes sociais. O cara se movimenta, pisca, joga o copo no lixo como se realmente a vida fosse passada num set de gravação.

Um dia ele se esqueceu do uniforme obrigatório da educação física e me pediu para emprestar a calça pra ele. A gente foi pro banheiro e fez a troca por cima das cabines individuais. Fiquei com o jeans dele durante metade da manhã. Eu era muito magro e a calça ficava caindo. O Paulo riu. Não tive coragem de enfiar a mão nos bolsos nenhuma vez. O cheiro da calça lembrava as do meu pai.

Um dia o irmão do Paulo apagou um cigarro no pescoço do Gui, que tinha lábio leporino e usava aparelho móvel nos dentes. Alguém tinha escrito com os dedos no vidro sujo do carro do irmão do Paulo: CHUPADOR DE ROLA. ASS: GUI. Tava na cara que era mentira, mas ele não podia deixar barato.

Um amigo do irmão do Paulo foi proibido pela diretora de ficar de bobeira na rua da escola. Sempre achei esse traficante de escola uma lenda. Assim como o traficante que dá droga de graça pra te viciar. Tanta merda que a gente ouve dos pais.

Uma vez por semana a gente tinha que almoçar nas redondezas do colégio e voltar no período da tarde para as aulas de laboratório. Eu ia com o Paulo e um outro amigo fumar maconha no Clube do Mé depois de lanchar no Milk & Mellow, mas eu não fumava. Ficava olhando intrigado pra cara deles. Queria entender o que tava acontecendo lá dentro daquelas duas cabeças. Era diferente do álcool? Eles riam das perguntas idiotas. Claro.

Eles trepavam numa árvore e eu me deitava na grama olhando aqueles dois quase desaparecendo de galho em galho e rindo, rindo sem parar.

Eu repeti o segundo ano e o Paulo se formou direto. Ele sempre passou colando nas provas. Fez amizade com o Júlio, que era um cara legal e o mais inteligente da escola. Deve ter virado um gênio da programação ou do mercado financeiro, o que também não deixa de ser uma merda. Como o Júlio não precisava estudar para se dar bem nas provas, ele não se importava em passar tudo pro Paulo, ou para quem mais pedisse.

O Paulo pagava o lanche do Júlio todo dia mas acho que mesmo que não pagasse o esquema seguiria funcionando. Era o acordo deles e o Paulo era um dos poucos da escola que sempre comprava o lanche na cantina. Naquela época você podia comer x-salada com Coca-Cola quando bem entendesse, ou melhor, desde que os pais pagassem por isso.

O Paulo nunca aprendeu nada. E não ligava. O plano era se formar sem esforço, passar as tardes chapado jogando bola e fazendo musculação no clube Alto de Pinheiros.

Encontro com o Paulo em Camburi alguns anos depois do colégio. Ele me fala que na noite anterior tinha cheirado três carreiras e ido num puteiro. Que merda, também achei, mas de alguma maneira difícil de explicar, ele me fascinava. Na frente do Paulo eu não sabia muito bem o que fazer com os braços, o sorriso era fabricado, as gírias pareciam forçadas, minhas roupas eram todas erradas.

No colégio ele foi o primeiro a aparecer com um Nike cano alto de couro preto e a usar jeans. Eu ainda vestia aqueles moletons com os joelhos e a bunda caídos. Tava naquela idade em que você arrasta umas coisas de criança enquanto um ou outro já parecem homens. Pedi pra minha mãe trazer de viagem um tênis daqueles mas o mesmo modelo em mim parecia uma coisa esquisita. Acho que eu era muito magro e tímido para usar aquilo.

Aliás, qual garota de dezesseis anos iria se interessar por alguém que ainda leva pro colégio sanduíche de requeijão com peito de peru embrulhado em papel-alumínio?

O Paulo tinha corpo de homem, sempre com dinheiro na carteira e um isqueiro Zippo. Parecia que ele não dependia de ninguém e que seria capaz de viver sozinho a partir daquele minuto.

O Paulo abriu um bar no Itaim e passa máquina zero no cabelo a cada três dias. Virou uma espécie de empresário da noite. A gente se viu já com trinta e poucos anos na Vila Madalena. Eu não soube explicar direito em que área eu trabalhava e como sempre eu falo bobagens quando alguém me pergunta o que eu tenho feito. Na verdade ele sempre dependeu da grana do pai pra tudo.

Na festa de formatura do Pueri Domus, eu fui como convidado do Paulo. Eu tinha feito o último ano num colégio de merda ali na Lapa para não ter que repetir o segundo colegial inteiro. De manhã eu fazia as matérias do terceiro ano, e de tarde matemática e física do segundo. Eu era o Júlio do colégio de merda. Passava cola pra todo mundo, mas ninguém me pagava o lanche.

O Paulo e uns amigos me pegaram e a gente foi antes da festa para o clube Alto de Pinheiros. Eu não sabia que roupa usar, acabei pegando uma camisa fininha com estampa florida do meu pai, eu não tinha jeans e usei uma calça de sarja.

Eu já fumava maconha, mas o Paulo me perguntou se eu tava a fim de cheirar. Fiquei sem graça e disse que não, que não parecia uma boa ideia experimentar justamente naquela noite. Os caras ouviam Pantera no carro no último volume e duas amigas deles foram junto.

Na festa eu me senti mal. Parecia um completo estranho pra todo mundo.

Só agora eu entendo que para aqueles filhos de não sei quem eu havia finalmente me revelado o loser que deveria ser, como estava combinado desde o início da história. Se eu fosse um riquinho que tivesse repetido até virava uma figura exótica, mas no meu caso não, eu havia mostrado a todos que eu não teria futuro, que eu jamais ganharia grana, teria uma casa na praia da moda em Ubatuba ou esquiaria em Aspen. Eu não queria nada daquilo, mas foi estranho que mesmo os meus amigos me ignorassem. Não num movimento coordenado, mas algo espontâneo.

A festa era esquisita. Os pais estavam todos lá. A mãe do Júlio gostava de mim e me olhou com pena. Esse aí desperdiçou a grande chance. É claro que era tudo bobagem. Os que deveriam ganhar já estavam carimbados com o selo de winners desde o nascimento, não tinha nada a ver com ser bom aluno. Isso tudo eu só consigo compreender agora, na festa eu não sacava e curiosamente a única imagem concreta, um instantâneo que eu tenho daquela noite, é no banheiro masculino, cruzando com o Manuel, um cara legal mas que gargalhou na minha cara ao me ver ali e simplesmente me deu as costas. Eu era o merda do colégio bacana.

Na casa da família do Paulo e do irmão tinha uma quadra de tênis. Os muros eram altos e ele nunca me convidou pra entrar.

Uma coisa estranha disso tudo é que o Paulo não se dava bem com as meninas. E ele jamais tirava o boné. Se alguém arrancasse o boné dele, ele rapidamente cobria a cabeça com as duas mãos e corava. Só isso o desconcertava. Pensando agora, ele tinha o tom de pele um pouco mais escuro que a do irmão dele. Eram descendentes de libaneses. Para o padrão Pueri Domus, o Paulo era preto.

Em cada camiseta, calça e agasalho do Pueri Domus estava lá o olho sempre arregalado, sem pálpebras ou cílios, ameaçador, contornado por uma estrutura metade azul, metade laranja, como uma máquina da engenharia mecânica. Era o logotipo da escola registrando tudo. Ninguém escapava ao julgamento da elite paulistana. Nem o Paulo com sua casa com quadra de tênis.

O fato é que ele me fascinava.

No show do Sting tinha uns caras fumando maconha do nosso lado. Tava eu, meu pai e um amigo dele. Olho agora para a foto do show e me impressiono com a criança ali no meio dos adultos aguardando a banda entrar. Fiquei viciado em calcular a idade do meu pai numa foto dessas e onde eu estava e como pensava com a mesma idade. Uma fórmula boa para desfazer julgamentos. Faz tempo que eu não sou assim tão jovem quanto o meu pai naquele dia nublado no estacionamento do Anhembi. Eu não me assustei com os maconheiros naquele dia, o que me espantou quando eu pensei nisso sozinho no meu quarto, iluminado apenas pela fresta do banheiro aceso.

No meio da serra o Cris avisa que esqueceu o fumo em São Paulo. Caralho, vai tomar no cu, volta, o quê?, é, volta. O Alex fica puto mas volta. A guitarra do Vernon Reid hipnotiza todo mundo na estrada. O Alex era o único que conseguia guiar nessas condições. Ele fica repetindo sem parar que não acredita que tá voltando por causa de fumo. A gente mal foi até a praia. A casa de Caraguá servia como refúgio dos pais e de todo o resto.

As gêmeas de Caraguá aparecem. Não transo com nenhuma das duas. Ensino um truque com cartas e todo mundo ri. Repito o truque dezenas de vezes. Tá todo mundo muito chapado para entender a lógica simples daquilo.

De noite na praia, a mata de um lado e o mar do outro são indistinguíveis, flutuamos perdidos na zona abissal sem tanque de oxigênio. (É difícil martelar no teclado o que era aquilo.) O vento embaralha os sons. Quero olhar para os lados mas só consigo correr. O horror misturado à loucura na cara dos meus amigos, expressões congeladas, a fisionomia da morte, a ironia das estátuas de dimensões humanas sobre as lápides. (Penso em todos os enterros que frequentei no cemitério da Lapa.)

Uma das gêmeas não saiu mais do quarto do hotel depois de tomar um ácido em Porto Seguro. Foi a viagem de formatura do Pueri. Ficou com pânico, os pais tiveram que ir até a Bahia para voltar de mãos dadas com ela no avião. Coitada, vai tomar meio comprimido de Alprazolam antes de dormir e cinco gotinhas de Florais de Bach ao acordar pelo resto da vida.

Mesmo assim, vez ou outra vai sentir que o chão lhe escapa dos pés e nessas horas vai ser preciso ligar pra irmã um minuto mais velha sem conseguir falar nada, mas a irmã já sabe que tem que ficar falando sem parar, mesmo que a caçula não responda, até chegar ao local indicado pelo GPS do iPhone. Normalmente ela lança perguntas sobre algum episódio do passado das duas sem esperar resposta. É a melhor forma de manter o cérebro da irmã gêmea minimamente conectado com a realidade.

Lembra daquele Natal em Maceió quando a gente ia só as duas todas as noites até a feirinha hippie em frente ao hotel?

E a noite em que o Cris dormiu escondido debaixo da sua cama porque a minha tinha aqueles gavetões e ele enfiou a testa no desespero de se esconder do papai? Lembra? Nossa, e quando ligaram pelo interfone para avisar que o papai tava estatelado na quadra de tênis do condomínio na Cidade Jardim? Lembra?

Do outro lado da linha, a irmã se equilibra na corda bamba enquanto chora baixinho, encolhida do lado de fora da loja de conveniência do posto de gasolina da esquina da Rebouças. Todo mundo olha, mas os olhares são de compaixão, só mudam para a irritação quando notam que ela mijou na calça ali no chão mesmo. O mijo muito amarelo fica misturado com o óleo seco do chão. Mesmo assim ninguém mexe com ela.

Tá tudo bem, vamos pra casa agora. Sim, pra da mamãe.

Esquece a formatura, o vestibular não prova nada mesmo, você é linda e tem bom coração, isso é o que importa. A gente te ama.

O psiquiatra tem dificuldade em convencer a gêmea que pirou de vez com o ácido na Bahia que vale a pena continuar. Aguenta firme, você consegue, toma isso aqui e vamos fazer essa vozinha sumir.

Sabe como é, todo mundo tem contas pra pagar.

O jipe tá com a chave no contato. O Dean liga e decide dar um rolê, a boca seca, os cantos dos lábios brancos. Ninguém acha que é roubo. Roubar é outra coisa. A gente topa. Toca "Polícia" dos Titãs na versão do Sepultura. A irmã do Dean senta no meu colo. Ela é magra e tem os olhos grandes e verdes, o rosto ossudo projeta uma beleza estranha. O Dean tira a camisa e decide não parar mais nas lombadas nem nos faróis. Meu pau tá duro mas virado pra baixo. Dói a cada buraco em que o jipe entra. Por cima do jeans não dá pra sentir a buceta dela. Aperto. Toca Doors.

Agora não tem mais volta, ninguém segura o Dean. A irmã dele vira a cabeça pra trás bem na hora do impacto. (Atenção, os pertences podem se deslocar durante o voo.) Ela usava aparelho fixo e os olhos sempre arregalados, como se a boa nova fosse revelada a ela a cada segundo mas ela fosse incapaz de reter a mensagem. Nos olhamos com um sorriso patético de terror com os lábios grudados nas gengivas por causa da boca seca.

No caminho para o Hospital das Clínicas tento falar que tenho plano de saúde. É empresarial, do meu pai. O enfermeiro da ambulância responde em algum dialeto que eu não compreendo. Desmaio.

O Tales vem me visitar na casa da Ilha. Ficou sabendo da loucura toda de não me tratar. Quando abro a porta ele respira aliviado e relaxa o corpo enorme. Esperava encontrar uma caveira, sei lá. Ele entra. Joga o agasalho Adidas no sofá impermeável. O abrigo sintético escorrega por falta de atrito.

Tomamos cinco Heinekens geladas em poucos minutos. Velhos hábitos. Tento explicar que precisava ver como era do outro lado do muro, experimentar o lado de fora, ir além da zona fronteiriça, comprovar que existem mesmo dois mundos, o nosso e o deles?, não sei. Ele me olha intrigado. É difícil colocar em palavras esse desejo de botar a realidade do avesso, ou tirá-la do avesso, desalienar completamente a visão. Ele sorri enquanto abre mais uma. Sabe que isso não existe, né?, que não há lado de fora, nem mesmo do útero, estamos todos no mesmo barco, será que eu não estaria na verdade fugindo?, mas de quem?, e por que eu não saberia dizer.

Você se enxerga como um Dante que voltou do inferno?, a imagem é boa, mas não, não é nada disso. O inferno estava dentro de mim, não como pensavam os existencialistas, mas sim os oncologistas, e não tinha como voltar, ser um Virgílio sobrevivendo à décima nona sessão de quimio para finalmente revelar todos os círculos, quem estava por lá, os motivos e cada pena etc.

Escuta aqui, o Trótski teve que fugir dos capangas do Stálin, ele nunca entrou nessa onda de fronteiras e lados de lá subjetivos, teria odiado o estruturalismo e o desconstrucionismo, estados anímicos etc. nem pensar, mas o Lowry de fato fez um outro tipo de fuga, deu num romance ainda hoje interessante, entende?, acho que não.

O pessoal vive comentando que quem se trata com o Tales acaba escrevendo livro, será que é isso que ele quer de mim?, mas de novo?

Lembra aqueles filmes dos anos oitenta em que o casal de fora da lei sempre tenta atravessar a fronteira do Texas com o México?, minha escrita não interessa mais porque a minha vida também não, é impossível fabular, será que você não entende?, aham. Talvez você esteja ficando um pouco histérico. Minha gargalhada é uma cusparada na cara dele, talvez eu tenha cuspido pra valer e não metaforicamente. Ele desenrola a ponta do lenço turquesa do pescoço e limpa a barba escarrada.

Pergunto se ele tá bem e se não seria o caso de pegarmos em armas, eu já atirei, ele não curte violência fora do contexto do Cinema Marginal, beleza. Ele acha estranha a pergunta vinda do corredor da morte, mas se não de lá, de onde então?, mas pra que sujar as mãos justamente agora?, por que não?, quem faz revolução é quem ainda acredita na vida, sim, verdade.

Essa merda toda de pagar traficante já deu. O Tales me fala que agora é diferente, nada de ir em favela, entregam em casa. Parece que ele pede pelo Instagram.

Decido dar só um tapa. Me sinto mal.

Ele tá mais chapado que eu e finalmente atira: você vai morrer quando? Digo que não sei. Que o dr. Miranda é mesmo um fascista de merda. Ele me conta que a empresa de consultoria do dr. Miranda fechou quatro novos contratos depois do golpe. Parece que eles fizeram uns testes com humanos na época da pandemia. Abre a última cerveja, já um pouco morna.

Quem ainda quer ajuda de um psicólogo num mundo desses? Comento que a relação dos médicos com o nazismo está bem documentada e que isso não deveria surpreender ninguém.

Em *Pocilga*, do Pasolini, há uma cena genial em que a mãe e a namoradinha do ator francês dublado para o italiano divergem em tudo sobre a personalidade do garoto. Seria legal fazer algo assim aqui. Um diálogo entre minha mãe e quem? Alguém me conhecia tão bem assim? Acho que não, o fato é que raramente na turma acontecia alguma conversa séria: sentimentos, medos, preocupações, futuro, ah, vai tomar no cu, kkkkkkkk. Na cena do filme fica parecendo que a mãe não conhece o filho, o que é o mais comum, mas nada comprova a versão da garota. Sei lá, pode ficar engraçado.

Falo pro Tales que agora acho o Bob Marley uma merda, mas na verdade o que eu quero é dar um murro na cara dele. Esses falsos profetas com seus talões de receitas, até quando vamos nos submeter a isso para segurar firme, aguenta, você vai conseguir.

Um dos jovens que protestavam nas ruas do Chile foi atingido com balas de borracha nos dois olhos. Philip K. Dick passou dias em pânico após ler sobre um homem que voltou de uma cirurgia qualquer cego, surdo e mudo. Uma espécie de ser humano enterrado vivo, costurado e vedado dentro do próprio corpo, sem saber o que aconteceu e incapaz de fornecer qualquer notícia sobre a própria condição. Ele também notou o neofascismo brotando na Califórnia com o surgimento do vigarista do Nixon. Ah, como ele odiava aquilo tudo. Seu grande prazer era tomar todo tipo de comprimidos, se fechar na edícula e criar mundos extremamente instáveis, para em seguida fazer com que desmoronassem um após o outro em dois ou três dias, ele amava o caos. TODOS VOCÊS ESTÃO MORTOS. EU ESTOU VIVO.

Trótski mandou todos aqueles filhos duma puta pra lata de lixo da história. Na dúvida subiu num trem e passou por cima de todos eles. Tava pouco se lixando pro cheiro do próprio suor.

No último dia de trabalho, a empregada da casa dos meus pais deixou um bolo de laranja com um bilhete dizendo que era pra mim.

Os caras desconfiaram se eu tinha mesmo transado com a prostituta naquela quinta à noite.

O bolo foi pro lixo. Não dá pra confiar, minha mãe falou. Inventou que tava grávida, depois recuou. Parece que queria levantar uma grana. Achei que tudo bem. Sei lá. Tá fudida mesmo. Meu pai me mandou calar a boca.

Ela precisou me masturbar no hotelzinho fuleiro perto da rua Augusta, disse que na primeira vez era difícil mesmo gozar. Ainda mais bêbado. Enquanto subia os três lances de escada de mãos dadas comigo, ela comentou que minha pele era muita macia, que provavelmente eu nunca tinha trabalhado. Não neguei, seria ridículo. Também não sei se aquilo era uma provocação qualquer ou se ela estava admirada. Ela fala pra que eu não me preocupe, ela era profissional e de jeito nenhum eu era gay. Saindo do motel não tive coragem de contar que havia perdido a virgindade na punheta.

Me senti estranho jogando bola no dia seguinte.

Ela apagou a luz do quarto e deixou a do banheiro acesa com a porta encostada, como a minha mãe fazia em casa para que eu nunca acordasse desorientado. (Fui eu que pedi?)

A empregada da casa dos meus pais quase enlouqueceu quando a filha adolescente sumiu. Alguém disse pra ela que a caçula tava num barraco em não sei qual favela metida com uns viciados em crack. Uma espécie de cracolândia entre casas de trabalhadores que a qualquer momento podem desistir do empreguinho de merda e se jogar no vício. Ali a polícia não chega. Pra quê?

Ela faltou vários dias envolvida nessa loucura de caçar a filha entre os mais de doze milhões de habitantes da cidade. Minha mãe foi perdendo a paciência. A irmã da empregada, que é também a diarista na casa dos meus pais e ajuda na faxina pesada duas vezes por semana, vai trazer a sobrinha pra casa debaixo de pancada, o que não vai ajudar muito.

Quando chegou do Ceará, a diarista da casa dos meus pais engravidou do patrão, que pagou o aborto.

No dia seguinte a filha da empregada da casa dos meus pais some de novo.

Nos próximos três anos, a filha da empregada vai ter dois filhos, se juntar com um carinha da idade dela que nunca botou nenhuma droga pra dentro do corpo e arrumar um trabalho qualquer vendendo salgadinhos perto do mercado da Lapa. Acho que numa dessas antigas bancas de jornais que agora só vendem chiclete, bala e recarga pra celular pré-pago.

No fim do dia ela nem pensa em entrar num daqueles inferninhos do bairro. Na porta tem sempre uma cópia barata de cafetão americano e dá pra ouvir a música brega rolando lá dentro. Não se vê mais nada, todo um universo do avesso, sofás, mesas, bebidas, balcão, prostitutas e outros funcionários engolidos pelas entranhas do estabelecimento.

Nas ruas da região há uma luz esverdeada, o que deixa o sujeito sentado no banco em frente ao bar ainda mais sinistro, ele sorri com os dentes amarelos molhados de espuma de cerveja morna.

A Pagu foi detida em Paris. Estava distribuindo panfletos antifascismo. Há fotos dela no dossiê policial e ali ela é descrita como "mulher de vida fácil".

Uma prima da minha avó era manicure numa dessas casas na Lapa. A casa era dela, e ela usava os fundos pra trabalhar. Ainda não tinha essa coisa de logo na fachada, uniforme etc. Eu não gostava de ir lá com a minha mãe. Casas geminadas, escuras, sei lá, passava mal ali dentro, a TV sempre num programa de merda qualquer, um desses mexicanos, Chaves, Chapolin. Imaginava a poeira da pele dos calcanhares lixados empestando a casa toda, sendo inalada, caindo sobre a comida, os móveis.

Roubaram da entrada da casa da minha avó a Nossa Senhora Aparecida que ficava numa cavidade na parede. No lugar ela colocou o galinho português comprado no Paraguai de tecido que muda de cor para prever o tempo. Na verdade não prevê porra nenhuma, já que ele muda de cor conforme o clima do momento.

Só pode ter sido de farra. Um dia o Paco amarrou ao jipe dele um daqueles pontos de ônibus de madeira com uma corda e arrastou até em casa. Quando a minha avó acordou, ao lado do limoeiro no quintal, tava lá plantado o pau vermelho da companhia de ônibus da cidade.

Ele era o meu tio, mas apenas cinco anos mais velho que eu. Tem uma história de adoção que eu nunca entendi direito, e minha avó fechou tudo a sete chaves, fechava a cara se alguém perguntava sobre a primeira infância dele, jamais fiquei sabendo se era filho do meu avô fora do casamento, se era mesmo temporão ou adotado, sei lá.

Os olhos puxados poderiam ser de um colombiano mas não tenho notícia de o meu avô ter ido tão longe assim como representante comercial de peças para a indústria têxtil. (Talvez eu deva mudar o nome dele aqui no livro para Pablo.)

Minha avó quebrava a bala Soft sem abrir o plástico transparente com o martelo de carne sobre a pia pra eu não engasgar. Ela cuidava do filho como só quem saltou uma geração em relação ao descendente é capaz de fazer, a mesma dedicação e atenção para os detalhes de um serial-killer.

O Pablo me desafiou a puxar a barba do Papai Noel e o pessoal ficou puto porque ele estava estragando a minha infância. Eu nunca puxei.

Ao lado da ex-banca de jornal na Lapa tem um ponto final de ônibus. Motoristas e cobradores com as camisas azuis já abertas encaram os bares estranhando suas grandes máquinas de trabalho agora vazias e silenciosas. Para eles, a cidade tem sempre o som do motor barulhento do ônibus com os sobressaltos das trocas de marchas.

A filha da empregada da casa dos meus pais até imagina curtir num inferninho desses, desacelera o passo, finge procurar algo na bolsa, olha de canto de olho, segura o sorriso enquanto escuta o alvoroço das gargalhadas depois de um barulho de garrafa se espatifando no chão, mas acaba passando reto.

O tipo cafetão saca ela de longe. Balança a cabeça rindo e dá mais um gole na lata de cerveja.

Ela quer chegar logo em casa para maratonar uma série. Minha mãe gosta da menina. Agora.

Bota na igreja, manda pro Nordeste, se vira. Quem mandou ter tanto filho assim? Não tem pai não? Ah, menina, bota no pau.

A empregada pensa em responder mas teria que começar muito lá do começo, e nem ela sabe bem onde fica isso. Então é melhor lavar a louça e cuidar do almoço.

Desisto das manifestações de rua. Não consigo me sentir parte daquilo.

Decido acompanhar o pessoal e pingar colírio cicloplégico no nariz. Alguém trouxe pra escola e disse que dava barato. O fumo tinha acabado, tava todo mundo entediado. A gente sai no intervalo e não volta mais. Tenho alucinações muito fortes e acordo na casa das gêmeas do colégio de merda da Lapa. Tem sempre alguns segundos antes de pirar totalmente que dá pra perceber que a coisa foi longe demais, que vai dar merda, mas não tem como voltar atrás.

Nesse dia a gente tava descendo a ladeira sem saída da casa delas e eu vi uma pista de aeroporto na minha frente. Tudo real. O grande avião, o barulho ensurdecedor das turbinas e aquele carinha com fones nos ouvidos acenando com umas placas como essas birutas de loja vagabunda.

Já passa da hora do almoço e meus pais devem estar me procurando. Me levanto e saio com cuidado para não pisar nos outros zumbis. Ouço o som da panela de pressão e espio a cozinha. A empregada preparando o jantar ou sei lá o quê me lança um olhar recriminador, mas impotente.

Ela aponta para a minha mochila caída no sofá da sala mexendo apenas os olhos. Fico pensando se ela emitiu algum som, mas não tenho certeza. Balança a cabeça enquanto se volta para a tábua de resina branca onde corta a cebola. Pego constrangido o material da escola e vou embora.

O caderno novo que minha mãe comprou fica caído ali na casa das gêmeas, enfiado entre as almofadas do assento e do encosto do sofá articulado.

O pai delas vai ficar puto porque o mecanismo quebrou bem na hora do jogo do São Paulo, mas vai sorrir aliviado quando perceber que era só o caderno de algum amigo maconheiro das filhas enfiado nas costas dele. A gêmea mais velha cinco ou dez segundos vai passar muitos meses da vida em clínicas de recuperação. Alguns sempre ficam pelo caminho. Não tem jeito.

Tinha a língua dos Stones na capa do caderno. Minha mãe reclama, mas compra outro, afinal, é pros estudos.

Meu próximo livro vai tratar da minha infância. Tá decidido. Começo anotando tudo o que sou capaz de lembrar dos meus primeiros anos de vida:

• Piolho em Ubatuba aos cinco anos. Vinagre, touca plástica na cabeça e horas sentado num banquinho debaixo do sol.

• Fliperama na praia de Pitangueiras no Guarujá.

• Dormir na pizzaria nas duas cadeiras que meus pais juntavam uma de frente para a outra.

• Ouvir a programação do rádio por horas aguardando tocar a música da Blitz com o dedo doendo sobre o botão do rec.

• Medo de ser convocado para o serviço militar obrigatório e ficar um ano sem ver meus pais.

• Tênis novo maior que o pé com algodão na ponta.

• A bolha no calcanhar que a Augusta costurou com linha azul.

- Operação de retirada da amígdala e os dias em casa jogando videogame.
- Pelé descascando nos ombros e no rosto alguns dias depois de voltar da praia.
- Ir comprar refrigerante na padaria levando o casco vazio.
- Muitos almoços na praça de alimentação do shopping com meu pai.
- O banco plástico do Fiat 147 que imitava couro grudando na pele nos dias de verão.
- Medo de ver o *Fantástico* na Globo sobre chacinas na periferia.
- Horas e horas preso ao mau humor.

(Lembranças listadas como itens de um cupom fiscal já não servem pra nada.)

Na cozinha estreita da casa dos fundos no terreno da casa maior dos meus avós, os talheres tinham cabos de plástico amarelo, retangulares e ásperos. Não consigo entender claramente quem de fato está na cozinha nessa cena. Como naqueles desenhos animados em que só vemos os pés e parte das pernas dos humanos.

De lá nos mudamos para um apartamento alugado em Pinheiros de dois quartos. Na sala desse apê assisti com meu pai *Mad Max*. Foi um dos primeiros filmes para locação em VHS.

Tinha piscina mas não me lembro de ir com a minha família. Talvez eu fosse de tarde com algum amigo do prédio. Mesmo assim a cena é esquisita. Tá misturada com uma tarde em Águas de São Pedro quando fomos nadar numa lagoa. O perigo era não conseguir sair da água porque a margem era um barranco. Um sempre precisava ficar de fora para puxar os outros. Mas aí eu devo ter uns dezesseis anos. Não me lembro de estar chapado, mas provavelmente estava. Isso pela idade e local eu poderia até garantir.

Não consigo dormir sozinho. Antes de pegar no sono fico repetindo mentalmente: não vou fazer xixi na cama, não vou fazer xixi na cama, não vou fazer xixi na cama. Nunca funciona. Foi conselho da Augusta, amiga dos meus pais. Acho que ela era formada em psicologia mas depois acabou tendo alguma participação importante na ONU, o que lhe rendeu uma coluna fixa por alguns anos no *Le Monde*.

Numa loja de departamentos em Nova York, o marido dela contou pro meu pai que tinha ganhado sete milhões de uma indenização, era advogado graúdo. Ele vai perder tudo e a Augusta vai ter que ouvir milhares de horas de papo furado da elite paulistana para sustentar a casa. Criou uns grupos de estudo de filosofia e literatura para o pessoal ter o que falar em volta da piscina em Trancoso.

A família da Augusta acha os americanos moralistas demais. Nessas viagens pro exterior o filho da Augusta tinha mania de falar baixaria em português pras americanas nos elevadores dos hotéis cinco estrelas em que eles se hospedavam. Gostosa, pega no meu pau, sorry?, kkkkkkkk, vagabunda. Ele também gostava de contar piada racista na mesa de jantar na mansão no Alto de Pinheiros. Todo mundo ria.

O filho da Augusta ainda vai chegar na casa dos pais totalmente alucinado de cocaína exigindo dinheiro. Vai acabar levando com ele um original do Lasar Segall. Na favela vai trocar por no máximo duas noites virado.

Meu avô não admite que sobre comida no prato. É foda ter que almoçar lá todos os dias. Mas na época eu não pensava assim. Nem falava "foda". Uma vez eu chamei o cachorro Life de lazarento e meu pai ficou puto.

Minha avó acha que as empregadas são meio golpistas porque engravidam.

Os últimos três pares de tênis que meu avô ganhou em três natais consecutivos antes de morrer vão sobrar novinhos no armário da casa. Ele usava o modelo Iate. Precisava alguém enfiar o dedo ali no calcanhar para que ele conseguisse calçá-los. O calcanhar duro, com a pele grossa, esmagava meus dedos. Eu me lembro do cheiro de coisa velha guardada no fundo da penteadeira quando eu tirava a meia especial que ele usava para a circulação. Era grossa e apertada. A perna era dura e com muitas manchas escuras. Subia um pó branco nessa hora e se você agitasse as meias no ar era capaz de começar a espirrar e tossir sem parar.

Minha avó precisava deixar o pé dele de molho na água quente antes de cortar as unhas. Para ela era como picar couve ou passar roupa. Uma atividade banal qualquer. Meu avô tinha muito orgulho dos móveis de jacarandá da sala de jantar. Trouxe da Bahia, na época em que trabalhou como representante comercial de uma fábrica alemã de peças para a indústria têxtil.

Numa dessas viagens um alemão propôs que ele fosse para a Europa ser profissional de boxe. Ele conta que recusou porque não podia levar a família junto e ele por nada deixaria minha avó e minha mãe recém-nascida.

Nunca ficou muito claro como o gringo sacou esse talento especial nele, se meu avô jamais participou de nenhum tipo de competição esportiva. Vai ver tava chapado num bar, virando cerveja e pinga com limão, e alguém esbarrou nele fazendo a cerveja molhar a camisa manga curta que ele ia usar no dia seguinte na visita a uma fábrica nas redondezas e de relance ele viu a morena que havia passado a noite inteira olhando pra ele aguardando a reação do italianão no interior da Bahia e para impressionar acabou quebrando a cara de um coitado que não tinha feito mal a ninguém. O soco encaixou direitinho e o alemão que treinava em Hamburgo percebeu a força daquela pancada, que com algum treinamento podia ser a de um atleta bom o bastante para levantar dinheiro em algum circuito amador B no Leste Europeu.

Depois que meus avós morreram, ninguém quis ficar com aquela tralha toda de madeira escura e rústica. (Essas heranças de classe média são sempre constrangedoras. Minha mãe guardou um conjunto de taças enfeitadas que eram usadas para o brinde de Natal, mas nunca usou.) O Pablo vendeu tudo pros traficantes do bairro. Ou trocou, sei lá.

Um deles gostava de exibir as marcas de tiro que tinha levado da polícia. Ele queria me vender uma bike importada uma vez mas eu não quis. Aí do nada o cara inventou que eu era da polícia. É foda. Tava todo mundo chapado mas o clima foi ficando esquisito, se eu era mesmo polícia, se não era então o que que eu fazia, se podia provar etc., e as piadas um pouco mais pesadas, um empurrão aqui outro ali, o cano da arma aparecendo na mesa debaixo da toalha. Acabei comprando a bike, mas larguei na rua, no caminho de volta pra casa.

Fico imaginando a casinha de apenas um quarto, meio que caindo aos pedaços, com cortina improvisada, parede descascando e o conjunto de jantar dos meus avós ali no meio servindo de apoio pra divisão da droga.

Na casa da Augusta no Guarujá eu ficava pra cima e pra baixo com a filha dos caseiros. Parece que o pai bebia. Na época eu não sabia. Só ouvi falar um tempo depois. Todo mundo bebia ali em volta da piscina, e nas refeições. Acho que curtiam vodca e suco de tomate e liam Rubem Fonseca e Milan Kundera.

A filha dos caseiros do nada começava a chorar. Eu ficava passando a mão na perna dela nessas horas. Acho que ela gostava. Ela não abria a boca e eu sentia alguma coisa diferente. Uma vontade de passar o resto da vida ali experimentando a textura daquelas coxas, os cabelinhos loiros que só podiam ser adivinhados ou vistos a uma distância de meio centímetro. Naquela idade ninguém pensa em sexo.

A empregada da Augusta em São Paulo vai chamar a polícia porque o filho dela tá quase quebrando o braço da própria mãe. Ele não acredita que aquela grana toda sumiu. Puta, vagabunda, me dá minha parte senão eu te mato. A Augusta mesmo em pânico fica buscando uma cena de algum romance do Dostoiévski para entender o que tá acontecendo com o caçula. (Se fosse romance do russo a empregada teria entrado na briga.)

Ele joga a mãe contra o guarda-roupa do quarto. Vai quebrar o braço dela. Solta. Para. A polícia chega mas o malandro se faz de tranquilo. O pai acaba pedindo pra pegarem leve com ele. Era um bom menino, meio artista, ele que tinha feito merda e acabado com o futuro da família. O marido da Augusta seria um bom candidato ao suicídio. Sem dúvida. A neta deles vai se casar com um milionário depois de engravidar. Gêmeos. Sei lá. Todo mundo desconfiou. Acho que o pai do marido é um magnata da mineração ou algo assim.

No shopping Iguatemi um velho também rei de uma merda qualquer, da soja?, da cana?, vivia com uns garotos pra todo lado. Um deles era colega de escola do Cris no Mackenzie, que jurava que o amigo não dava o cu pro velho. Que só ficava ali se exibindo e ganhando uns presentes. Ninguém acreditava. Um dia ele trouxe o amigo pro apê dos meus pais e a gente ficou muito doido. O cara gostava de tomar caju-amigo e ouvir Bach chapado. Ele também tinha uma onda de compor no violão. Um tipo sensível e tal.

Parece que o caseiro abusava da filha. Eu gosto da menina, mas meus pais não curtem muito que minha melhor amiga seja a filha da empregada. Pra falar a verdade acho que eles se incomodam mais é com o que os amigos estariam pensando daquele namorinho infantil. Não tenho muita certeza, acho que mostrei meu pau pra ela um dia. Não faz muito sentido isso. Eu era pequeno demais pra ter uma ereção. Mas vejo a cena: passo o pau na coxa dela enquanto ela finge que tá dormindo. Sei que tá fingindo porque a pálpebra fica tremendo como se ela se esforçasse para manter os olhinhos fechados.

Ela encara a minha boca em seguida. Não sei. Tenho certeza de que eu ficava deitado sobre ela na sala de TV. Os dois de roupa, claro. Mas dava para sentir a bochecha ardendo. A gente inventava que era uma família ou algo assim. Qualquer desculpa pra um deitar sobre o outro. Eu inventava todo tipo de conversa furada pra não ir à praia. Olha, tem outras crianças da sua idade na piscina e você entocado nesse quartinho abafado com essa menina vendo TV? O Chaves em preto e branco irritava meu pai.

Pergunto se ela pode ir pra piscina comigo mas a mãe dela já puxa a filha pra cozinha como se ela tivesse sido pega em flagrante roubando alguma coisa. Ela fala firme com a filha, aperta o braço enquanto o vira-lata vem sem pressa ver o que tá acontecendo e o barulho da panela de pressão não me deixa ouvir mais nada. Os dedos grossos e molhados da mãe ficam marcados vermelhos na pele dela. Me dá um nó na garganta.

A casca do machucado do meu joelho se abriu e uma gotinha de sangue brotou ali no meio da minha perna. Passo o dedo e chupo. Nessa hora ela não chora. O pai tá aparando a grama e depois vai preparar o famoso churrasco dos sábados. O pessoal até aplaude. Puta que o pariu.

Entro na piscina redonda de vidrotil azul-turquesa e tento esquecer. O caseiro acorda cedo nas férias para limpar a água antes de os convidados tomarem café. Na casa do Guarujá pela primeira vez eu chupei uma daquelas pastilhas Valda cobertas de açúcar. O filho da Augusta ficava a madrugada toda tocando a guitarra desligada. Uma Fender Stratocaster branca. Eu era muito novo, não sacava que ele tava ali pirando com os amigos. Ninguém gostava da namorada dele. Achavam que era golpista.

Teve duas filhas com ele. Depois eu descobri que vendia em qualquer farmácia, mas na época parecia um tesouro que só a Augusta conhecia. Pão sueco também.

Na mesa do almoço a irmã da Augusta me deixou tragar um cigarro, na verdade ela ofereceu quase me obrigando, com um daqueles sorrisos amarelos de hiena de desenho animado. Naquela época os adultos faziam essas merdas com as crianças. Achavam graça. Menos minha mãe. Lembro do rosto preocupado, os olhos arregalados, sem cílios ou sobrancelhas. Como se eu estivesse a ponto de me alistar na jihad.

(Não, não preciso sentar numa merda de divã pra saber que aquela tragada não teve nada a ver com as grandes porra-louquices que viriam pela frente.) Não me lembro do nome da irmã da Augusta.

Ninguém imagina o que os caseiros e a filha faziam quando a casa ficava vazia. Depois teve todo o escândalo. Saiu no jornal e tudo. Fiquei mal. E quando você é criança a dor é pra valer. Você não monta em cinco minutos um cerco de autodefesa no limite da canalhice para ter certeza de que aquilo jamais aconteceria com os teus ou até mesmo que no fundo no fundo aquela gente pedia para que uma merda daquelas acontecesse. Era como se estivesse escrito já na certidão de nascimento que eles iriam estragar tudo, mesmo com bom emprego, casa e comida.

Entro dentro da cabeça do personagem principal do livro que fala em primeira pessoa, mas não sei nada sobre ele. Apenas enxergo por trás dos olhos dele e ouço o que os outros personagens falam com ele ou perto dele. Não escuto as vozes dos pensamentos do cérebro do personagem principal e não sou capaz de criá-las. Como se estivesse preso num corpo estranho, me ocorre que essa pode ser a sensação de alguém diagnosticado com Alzheimer. Ele parece estar numa festa.

As pessoas ao redor estão vestidas com certo cuidado, mas quando ele olha pra baixo noto que o personagem principal está de jeans, camiseta preta e um tênis seminovo. A cada novo gole de vinho branco sinto a instabilidade dentro dessa nave orgânica. As pessoas parecem felizes ao encontrá-lo, o que me deixa perdido sobre este ponto da trama. Ele já sabe da doença, então pode ser um flashback, ao mesmo tempo ninguém mais é muito jovem por aqui e ele não está com os pais. Quero fazer algum tipo de anotação, mas aqui sou eu que não tenho corpo. As luzes vão se apagando lentamente enquanto ele senta numa poltrona confortável. Ele olha para o lado e sorri. Vejo o rosto de uma mulher morena, de cabelos compridos e desconhecida pra mim. É mais alta do que ele. Será da turma de adolescentes? Uma das famosas gêmeas que ele tanto recorda? Não sei. A gêmea de carne e osso muito provavelmente é diferente da gêmea criada por mim. Algo me diz que não, que é alguém recente na vida dele, que entrou na história sem que eu notasse. Ele se vira para a frente e um filme começa. Imagino ser a pré-estreia, já que minutos antes ele estava numa espécie de coquetel de lançamento. É isso. Fica tudo escuro. Será efeito do filme ou ele fechou os olhos. Tela escura por muito tempo. Estranho. Há um leve tremor no corpo e uma mão macia sobre a mão direita dele, novamente a mulher ao lado mas com a imagem distorcida por uma cortina líquida. Está bonita assim. Também me emociono mas por outros motivos, esta não é a minha história. Me recomponho, quero enxugar os olhos mas os membros não parecem mais responder aos meus comandos. Ele se levanta, é difícil passar pelas pessoas sentadas na fileira. Ele olha para a frente e a silhueta dele é projetada na tela numa cena de hospital. Ele apressa o passo. A respiração ofegante me causa náuseas. Me esforço para não vomitar dentro do corpo dele. Ele se inclina sobre o vaso do banheiro masculino mas a água continua transparente. Ele cospe e dá a descarga. Preciso assumir o controle. Sem mim ele é como um trem desgovernado, um louco, um despossuído. Sem mim ele não vai aguentar.

No dia seguinte, dr. Miranda me mostra umas chapas com áreas coloridas e garante que ali está inscrito o meu futuro, ou minha fortuna, eu o corrijo, e ele não gosta. Pra mim parece que o filhinho dele riscou as chapas aleatoriamente com giz de cera antes de ele sair de casa, antes de ele passar pela guarita do vigia particular da rua que improvisou um travesseiro no lugar do estofado gasto e rasgado da cadeira de escritório que a mulher do dr. Miranda generosamente deu pra ele de presente. Gente ingrata...

Entre nós se estabeleceu um jogo próximo ao de uma batalha. Não me submeter ao seu poder de dizer como eu devo me comportar e o que ingerir daqui em diante rachariam a imagem dele de sacerdote moderno. Ele sabe disso mais que eu. Da minha parte a aposta é mais baixa, tem a ver apenas com uma única vida descartável como as demais e que de qualquer forma mais cedo ou mais tarde vai acabar. Mas nessa vida estão todas as minhas fichas.

Me ajeito na cadeira pronto para a batalha. Duas cartas. Não vou blefar. O gosto do gengibre para aliviar a náusea provocada pela quimio empesteia o ar. Quando decido falar que chega, lanço um jato de vômito sobre a mesa espelhada. Ele sorri.

Pego mais uma receita para o novo ciclo de tratamento e vou à enfermaria receber minha dose semanal. Instalaram umas poltronas de cinema de luxo para que os pacientes possam ficar ali após a ingestão da droga. A enfermeira não gosta que eu me sente sujo de vômito no couro bege. Ela fica puta com quem entra no ônibus sem caprichar antes no desodorante.

O personagem interpretado por Ewan McGregor em *Trainspotting* fala com todas as letras que eles tomam drogas apenas "PORQUE É DIVERTIDO", mas ninguém parece entender, nem mesmo aquele que se droga. Todo um sistema de julgamento e autopunição parece operar nesse processo. Principalmente durante as torturantes horas de ressaca.

Ligo pra Tati e pergunto onde ela tá. Ela me diz que tá com a Carol passando pela praça do Pôr do Sol, que quer vir junto com ela pro meu apartamento, beleza. (Hoje ela tá casada e se por acaso ler este livro talvez possa me odiar um pouco.) Elas entram e eu estou enrolando um baseado perto da janela. Jeans, camiseta preta e descalço. Os três querem a mesma coisa, mas um movimento precipitado pode botar tudo a perder. (É como um daqueles encontros de líderes às vésperas da Segunda Guerra Mundial. Quem fala primeiro, quem passa a versão mais confiável de si mesmo, quem não vai com muita sede ao pote.)

A Carol namora um professor de jiu-jítsu. A Tati vem até a janela e me beija. O que eu sempre gostei nela foi o gosto salgado da pele, ela podia passar o perfume que fosse, desodorante não sei de que tipo, mas o sal sempre grudava na ponta da minha língua.

Banco o cara seguro e beijo a sua boca sem parar de mexer na seda com o fumo entre as mãos. Me sinto o próprio Marlon Brando jovem. (Devia ter usado camiseta branca.)

Quando era criança eu gostava de imitar meu pai e dobrar duas ou três vezes a manga da camiseta, sem chegar a virar uma regata, mas para a costura não ficar pegando na pele. (Acho que o Brando fez isso em algum filme.)

Dou o passo seguinte. Pergunto se a Carol não quer beijar a Tati. Ela vem. A coisa começa e não tem mais volta. A Tati toca delicadamente o rosto da Carol enquanto elas se beijam.

A Tati vai embora no meio do sexo sem falar nada. Ela sempre deu dessas. Desaparecer, interromper uma conversa no meio, fugir. Eu fico ali transando mecanicamente com a Carol. Depois de gozar aquilo não faz mais sentido e a gente se troca como dois desconhecidos que precisam compartilhar o mesmo quarto de hospital e se envergonham quando a enfermeira vira o cu de um na direção do outro.

(Por que eu inventei essa passagem?)

Tento me masturbar como última alternativa para dormir depois de cheirar seis ou sete carreiras grossas de uma pedra de cocaína do tamanho de uma bola de sinuca na casa do Kim. No dia seguinte fico sabendo que os caras ficaram completamente paranoicos a noite toda no apartamento dele na Henrique Schaumann.

O Kim era um cara mais velho, gordo, mas ainda morava com a mãe. Não sei exatamente de quem ele era amigo e como a gente se aproximou dele.

Ele tinha mania de tentar nos assustar, perguntava se um de nós já havia carregado um corpo, como se ele fosse uma espécie de matador de aluguel. Conversa. Seja como for ele contava tudo com tamanha energia que ninguém na hora ousava duvidar. Depois a gente voltava a pé pra casa comentando que era tudo mentira.

Mas na hora de dormir, com a cabeça no travesseiro e coberto com o edredom, eu ficava pensando se eu conseguiria mesmo carregar um corpo. Se um dia eu ia acabar preso por causa do fumo e essas merdas todas que nos assustavam naquela época.

O Dean não saiu do lado da privada, pronto para dispensar o pó ao menor sinal da polícia. Já não sentia mais as pernas. Eles tinham certeza de que a polícia ia chegar, era só questão de tempo. Que os que saíram antes iam acabar se entregando em algum momento da madrugada.

(Hoje é possível perguntar se uma noite dessas significa mesmo algum tipo de diversão, já que o intuito inicial da coisa toda era esse.)

A ressaca da cocaína me fez desistir dessas noitadas, era muito sofrimento, uma espécie de melancolia nos ossos, algo assim mesmo, uma furadeira com a broca mais fina costurada dentro do corpo e lentamente desparafusando peça por peça, osso por osso, cada encaixe, sei lá, não, é real e não adianta querer matar o torturador, cada um entra nessa por livre e espontânea vontade.

Quando o efeito ameaçava passar e eu sentia a primeira espetada da ressaca que inevitavelmente viria, a noite estava acabada. Era diferente do álcool, você não prevê a ressaca, vai em frente sem pensar.

Dava pra ver o M amarelo do McDonald's da janela da casa do Kim.

Ouço meus pais chegando de um jantar. Finjo que tô dormindo, mas sinto que não sou capaz de manter as pálpebras fechadas por mais de dez segundos. Não sei se meus olhos estão abertos ou não. Toco minhas pálpebras e estão baixadas. Mas então como eu sou capaz de ver o quarto tão perfeitamente, como se fosse meio-dia? Meu pau já tá machucado. Desisto.

No grupo de WhatsApp de médicos do Sírio-Libanês, os melhores profissionais do país zombam da doença da mulher do Lula. Ela se orgulhava de ter feito um frango à cacciatore pro Fidel.

Na minha família todo mundo falava mal da irmã do meu avô porque ela inventou de botar tomate na receita. Ela roubava da minha avó no jogo de cartas das tardes de domingo. Um dia eu vi quando ela se levantou com uma carta grudada na bunda. Ninguém contou para a minha avó pra não estragar uma das poucas diversões que ela ainda tinha. A outra era fumar cigarro e papear com a dona de uma lojinha de conserto de roupas ali perto da casa dela na Lapa. Minha avó ria porque sempre perdia para a irmã do meu avô.

No grupo da família ficou proibido falar em fascismo, Holocausto, aborto, moradores de rua, violência policial, desigualdade, pobreza, reforma agrária, veganismo, consumismo, direitos humanos, tortura, alienação, democratização dos meios de comunicação, trabalho precarizado, pronome neutro e massacre dos povos originários pelos europeus. Costuma dar muita confusão.

Uma amiga de Facebook me convida pra tomar uma cerveja na quitinete dela. Me conta que é na rua Frei Caneca, no mesmo prédio onde o Raul Seixas morreu. A entradinha me dá arrepios e acabo desistindo com o pack de seis Heineken na mão.

Alguém inventou de entrar num daqueles bares fuleiros do centro da cidade. Já era madrugada, a gente tava voltando de um churrasco na zona leste. Beleza, pode ser. Eu, o Cris, o Dean, a Mary e a mais nova de todos nós, a irmã do Dean.

O bar era um corredor azulejado sujo muito mais comprido do que parecia olhando de fora. A maioria dos clientes ali eram homens, uns caras duros, pesados, como se fossem totens que repentinamente ganhavam vida quando dávamos as costas a eles. [...] As mulheres gritavam [...] som tão alto que pareciam [...] resgatar a voz que um dia tiveram, os risos também [...] máscaras monstruosas, esgares assustadores, a maquiagem já borrada por causa do calor gorduroso da chapa [...] calabresa, carne, batatas fritas na cesta [...] óleo velho borbulhando. Os caras não [...]. Apenas bebiam [...] momento em que a faísca promovesse a explosão. A fumaça da calabresa [...] violência latente [...] confusão. Um amigo uma vez em Chicago me disse [...] isso antes do Bin Laden, em Nova York é diferente, [...] uma amiga que se mudou com a família para a Costa Oeste e ela não entendeu, como assim latente? [...] sair, não ia rolar, mas nesse exato momento [...]. Numa mão ele segurava duas garrafas de 600 ml de cerveja e na outra enfiava os dedos em quatro copos pequenos. É difícil de descrever, mas qualquer um pegaria todos esses itens de uma vez da mesma maneira em qualquer lugar do planeta. [...] sempre rindo, como um urso manso [...] dilacerar o seu rosto, e depois todo o sofrimento para colocar a placa de titânio, os antibióticos, a perda da dignidade e da vontade de viver, ou [...] gentil [...] nós e eles. Eu disse que não, [...] tremendo abri a porta do carro [...] irmã do Dean já tava chorando. [...] era impossível flagrar qualquer deslocamento, [...] Dean [...] pedra nos caras [...] Consolação [...] pra casa calados.

No dia seguinte, aqueles mesmos rostos perdiam o poder de intimidação em seus uniformes azuis com o nome do edifício bordado em amarelo-escuro no bolso da camisa: MIAMI LIFE.

O faxineiro deu as botas dele de trabalho para um morador de rua que passou em frente ao prédio. Ficou doido?, isso aqui é material de trabalho, entendeu?, agora você compra um sapato pra você, assim aprende, e deixa de ser idiota, se eu souber, vai pra rua.

A síndica tomou o avião até Brasília para ajudar a encher um boneco inflável gigante do Lula com roupa de presidiário, os lábios ficaram feridos de tanto assoprar na borracha.

Ela contou pro porteiro da noite que foi emocionante, valeu a pena. Ela se lembrou de quando chupava o pau do namorado no Corcel marrom do pai dela estacionado na garagem de fora da casa, mas isso ela não conta pra ninguém.

Beijei a testa da irmã do Dean para acalmá-la na volta pra casa e no mesmo instante em que eu desgrudava os lábios da pele esticada sobre o osso do crânio ela me olhou com ódio e não conseguiu mais segurar, a pele verde ganhou um tom avermelhado, vai tomar no cu, viado do caralho, vai se fuder. A gente nunca mais tocou no assunto.

Com uns dezoito anos eu desejei que meu avô morresse. Não me levem a mal. Não é que eu sentisse raiva dele ou algo assim, ou que eu fosse algum tipo de filho da puta insensível e sádico, nada disso. É difícil de explicar, mas eu tenho certeza do que eu sentia naquela época. Ou do que eu não sentia.

Eu queria que algo verdadeiro acontecesse na minha vida. Tudo parecia uma grande mentira. Deitado na cama olhando pro teto do quarto eu passava horas remoendo esse sentimento. A luminária modernista alterava o desenho da sombra conforme a luz do sol mudava de ângulo.

Na estante a coleção do Aldous Huxley que eu nunca cheguei a ler.

Eu ainda não havia perdido ninguém e como meu avô estava sempre meio que desenganado, eu pensei que sofrer com a morte de alguém querido me daria essa espessura do real.

Meu avô fumou muito até que nos anos oitenta ele teve uma embolia e de lá em diante ficou por um fio inúmeras vezes. Mas ele sempre voltava do reino dos mortos, ou sei lá de onde. Quando eu realmente torci para que ele morresse, ele não morreu também. E eu não senti culpa por ter desejado de forma pra lá de egoísta que alguém morresse só para que a minha vida ganhasse um grão de realidade. (É um pouco constrangedor contar isso tudo aqui.)

Abro a gaveta e pego a foto em que estou com meu avô numa cerimônia da maçonaria. As pessoas ao redor não imaginam que talvez um filho ou um neto delas possa estar desejando naquele exato momento que a quimio não funcione apenas para que a vida deles deixe de ser essa merda sem sentido.

Meu avô não podia imaginar que a indumentária bordada em ouro do grau trinta e três da maçonaria iria virar piada na favela. Que um moleque magrelo sem camisa e de chinelos num dia quente pra caralho iria empinar pipa com aquele avental como se tirasse sarro de todos os compradores que encostam o carro do pai pra pegar fumo etc.

O pessoal vai me visitar pra saber da clavícula quebrada. O Pablo e o Cris chegaram na mesma hora que a Ju. A gente se curtia, mas eu era muito tímido e a coisa não rolava. Ela me trouxe um doce mas os caras estavam por perto e não durou dois minutos.

Nunca vou me esquecer do maiô branco com bolinhas pretas que ela usava na piscina do hotel. A pele também muito branca, os seios grandes. A gente se beijou uma única vez na volta de uma festa. No dia seguinte eu hesitei um pouco e ela perdeu a paciência.

Depois que ela foi embora com a embalagem vazia do doce bem dobrada e vincada, o Cris contou que ela gozou quatro vezes com ele nas férias passadas. Eles se encontraram sem querer no calçadão da praia de Pitangueiras no Guarujá e combinaram de sair à noite.

Me senti um idiota com aquela cinta mantendo minhas costas eretas para que o osso colasse no lugar certo. Fui ficando tonto imaginando os dois transando, a dor aumentando. Ele não tava nem aí pra ela. Se eu pudesse eu arrebentava aquela cinta e a cara dele.

Depois disso minha postura melhorou de vez. Antes eu era um pouco curvado, voltado demais pra dentro.

O Cris falou que a Ju pedia para que ele ficasse batendo na bunda dela enquanto ela chupava o pau dele. Ele tinha receio de a mãe dela ouvir o barulho dos tapas da sala. O apartamento na praia era minúsculo. Ele se desconcentrava com os grandes felinos ou algo assim rugindo do outro lado da parede fina. Se ele parava, em vez de mordiscar ela mordia pra valer a cabeça do pau. Tá bom, tá bom, ele falava entre os dentes. Ele contou que tava doido pra virar ela de quatro e enfiar o pau na buceta molhada e inchada dela, mas ela tava decidida a fazer ele gozar na boca dela. De vez em quando o tapa acertava a buceta e ela gostava. Ele jura que ela gozou ali chupando ele. Como a María do livro do chileno.

A dor no calo ósseo se manifesta nos dias frios e úmidos na Ilha. Inevitavelmente quando isso acontece eu vejo a Ju chupando o Cris com a bunda vermelha dos tapas, como a mãe da María do livro do chileno viu a própria filha ao entrar na edícula na noite da festa e flagrar o casal. Não fica claro se ela viu o pau duro sendo chupado pela filha, e na minha mente eu tive que construir o pau do Cris para acompanhar a narrativa.

Ela expulsou o poeta da festa e a María não fez nada.

Fico puto com essa conversa furada do Cris mas tenho uma ereção imaginando a cena.

A prima mais nova da Ju tinha uma doença grave no coração, parece que algo congênito. Na ansiedade de esperar pelo infarto fulminante, acabou se matando antes. Esqueceu de tomar o anticoagulante ou algo assim, e um mísero corte no pulso acabou com tudo. A cama ficou encharcada de sangue, não se distinguia a estampa de flores e a família de ursos repetida dezenas de vezes para criar um padrão maior. A mãe demorou alguns minutos para entender de onde vinha aquilo tudo. Num primeiro momento imaginou que ela havia sido estripada. Pensou no faz-tudo que de vez em quando dava um jeito no vazamento do sifão da pia da cozinha. Indicação do amigo da diarista. Demorou para a mãe entender que uma doença grave pode ser uma prisão perpétua ou uma sentença de morte cobrada antes do prazo final para as injeções letais.

Seria melhor algo que tirasse a dor. Não a física, a outra. Tento esboçar essas ideias confusas para a enfermeira que vem conferir a bolsa de soro pendurada do meu lado, mas ela só fala para eu descansar. Seguro o punho dela para logo em seguida soltar. Ela não perde o sorriso complacente do rosto enquanto a marca vermelha dos meus dedos desaparece lentamente do seu pulso.

O Alex acelerou e freou o carro com tudo para que a gente caísse da caçamba quando tava todo mundo lá em cima dançando no farol vermelho. Fiquei pendurado pra fora pelas pernas. Pude ver de ponta-cabeça a placa da frente do carro de trás e quando me ergueram pelos braços percebi num relance que tinha estragado a noite da família que assistia à cena. Fui direto na janelinha e dei um soco na cara do Alex. Ele ficou puto mas ninguém contou nada.

O Henrique tem idade para ser meu irmão mais velho, mas se comporta mais como se fosse meu pai. Ele me convida para almoçar, só nós dois. Ele sugere o América do Iguatemi, tudo bem. Com certeza ele vai pagar a conta e eu adoro aquele hambúrguer sem pão que vem numa chapa preta e quente com batata frita de um lado e onion rings do outro.

No caminho para o ponto de ônibus encontro o Dean que pergunta se eu não quero fumar um baseado com ele. Tem tempo, por que não? Ao chegar no shopping passo primeiro no banheiro pra lavar o rosto e pingar colírio. Me assusto com o barulho da descarga no boxe atrás de mim e tenho certeza que do lado de fora alguém chamou meu nome, oi?, um cara lavando as mãos me olha esquisito, de canto de olho. Percebo que tô mais chapado do que imaginava, ou deveria. Penso em desistir, mas ia ser um rolo explicar para o meu pai que eu não tinha ido.

O Henrique era mais novo que ele, mas era o tipo de cara que ele respeitava.

Foda-se. Agora não tem mais volta.

Chego ao América e ele já está lá. O nome do prato que eu gosto é Texas. Finjo que tô escolhendo o que pedir enquanto seguro a onda, esse é o plano, o menu grande e colorido com o mapa do continente esconde meu rosto por um bom tempo.

O salão do restaurante é grande e tá lotado no almoço de quinta. Um pessoal que trabalha na Faria Lima, gente de investimento etc. Já começo a me sentir mal com aqueles tipos vencedores não muito mais velhos do que eu, camisa dobrada até o cotovelo de um jeito que eu nunca consegui reproduzir e me sentir bem. Não que eu me sinta menor que eles, não é isso, é que esse pessoal me embrulha o estômago mesmo. No fundo guardo a certeza de que se eu quisesse poderia estar na mesma situação que eles. Eu apenas não quero. Talvez o mal-estar venha daí, talvez no fundo eu não seja tão diferente assim deles, só esteja queimando o meu estoque de prestígio e dinheiro da família num projeto de autodestruição, enquanto eles fazem o bolo crescer a cada dia.

O barulho é grande. Os garçons andam de um lado para o outro equilibrando sucos, lanches e sobremesas, com suas ridículas gravatas-borboletas como se ainda estivéssemos nos antigos restaurantes do centro da cidade, a cor das gravatas indica a hierarquia, quem serve bebida, quem tira pedido, quem puxa o saco dos clientes VIPs. Fico meio tonto. Mas o Henrique é legal. Ele sorri pra mim como se soubesse desde a hora em que eu entrei no restaurante que eu tava chapado, um sorriso que revela seus olhos miúdos de rato, inquiridores, todos os seus sentidos estão em alerta, a presa se aproxima. O rato coça os próprios fios do bigode.

(Quando a gente vive chapado é comum começar a achar que todo mundo sabe e acha normal. Grande erro.)

Calma, não tem como ele saber. Nunca usou nada, no máximo fica mais alegrinho quando toma duas cervejas na festinha do filho no salão de festas do prédio no Morumbi. Vamos pedir?

O Henrique não fala comigo do outro lado da mesa do restaurante, mas de outra dimensão. Fico pensando se vai dar muita bandeira se eu pedir uma Coca e um milk-shake de chocolate. Capricha na calda, por favor, isso mesmo, pode trazer junto.

Ele faz que sim com a cabeça, os braços cruzados sobre o peito enquanto me observa, mas eu não sou capaz de decifrar seus gestos. Parece que ele faz o mesmo sim com a cabeça e com os olhos em diferentes direções, todas atrás de mim. Fico um pouco paranoico. O fumo era forte. Uma onda estranha, devia ter alguma porcaria misturada. O sangue começa a escapar das extremidades do corpo e uma leve tontura estampa um sorriso idiota que ocupa a maior parte da minha cara como num desenho de um adulto feito por uma criança de três anos.

Você largou a engenharia mecânica e isso não é motivo pra piada. Caí numa cilada, ele é um jogador mais experiente. Joga a toalha, porra, tão matando ele, para essa merda de luta. O mal-estar se torna físico.

Fico em dúvida se devo sorrir para desarmar o clima de interrogatório, mas percebo que o Henrique quer acertar os ponteiros antes mesmo de a comida chegar. Agora é ir em frente.

Comento que aquilo lá não tinha nada a ver comigo, que eu escolhi como quem aposta na roleta mas o resultado no cassino não demora cinco anos. Me surpreendo com a metáfora bem sacada. O Henrique não acha graça. Não tinha como arrastar aquilo e de jeito nenhum eu ia acabar trabalhando numa fábrica de carros. E eu nem gosto de guiar.

Você precisa cursar alguma coisa. Pergunto com sinceridade se ele tem alguma sugestão. Ele me fala que tem uns amigos lá na ESPM. Ótimo. Se for assim eu topo, claro, mas estou mais entretido tentando desentupir o canudo do milk-shake do que com o meu futuro universitário. Ele ri e eu acho que a gente tá numa boa. Abro o jogo. Mas aí eu precisaria passar de novo no vestibular? Ele se irrita comigo e com o meu comportamento francamente infantil, sim, claro.

Mexe no cavanhaque sem parar, como se houvesse uma ligação entre os pelos brancos do queixo e a autoridade da conta bancária. Fico com vontade de perguntar então por que ele disse que tinha uns amigos lá, mas me calo. O clima entre nós vai ficando tenso, beirando a hostilidade. Ainda bem que a todo instante rola um intervalo promovido pelo garçom. Como se o meu pouco-caso com a universidade o ofendesse pessoalmente.

Depois eu iria descobrir que quem sai do trilho se torna uma ameaça pra esses babacas que seguem carreira, constituem família e têm medo da morte. Na época não faria sentido algum imaginar que um moleque de uns dezenove anos pudesse ameaçar alguém como ele. Fora que nem era essa a minha intenção.

Vou ficando já meio puto e com vontade de dizer que eu não queria ter a mesma vida que a dele, que eu acho aquilo tudo uma merda e que o sexo ridículo que ele faz com a amante só prova que no fundo no fundo a gente não é tão diferente assim, a única diferença é que eu não era hipócrita.

(Eu ainda não entendia o tipo de dureza necessária para vestir as fantasias que o Henrique vestia. Era uma vida de merda, mas não era fácil. Definitivamente.)

Ele finalmente paga a conta como se assinasse o próprio diploma da USP.

Parabéns, tenha uma boa vida, morra velho e rico, seus filhos contam com a herança desde já.

Só penso em tomar o ônibus de volta pra casa, chamar o Dean e queimar mais um baseado para passar a tarde chapado assistindo MTV.

Depois de ouvir tanta merda na reunião com a psicóloga especialista em drogas a gente não teve dúvida, tomamos onze cervejas e fumamos um baseado da grossura de um charuto antes das onze da manhã de um sábado de sol.

Não, pai, eu não tô usando mais nada. Eu juro que eu só experimentei. Promete? Uma merda dessas pode acabar com a tua vida. Prometo sim, fica tranquilo.

Quando meu pai era síndico do prédio, ele bolou um jornalzinho pra molecada e eu com uns doze anos escrevi um texto sobre a nossa viagem a New Orleans. Todo mundo na época se impressionou. Muitas meninas do prédio gostavam de mim. Não é exagero, depois isso passou. Mas eu ainda não estava interessado nelas.

Meus pais arrastavam todas elas para jantar com a gente em um restaurante italiano bacana no sábado à noite onde o prato principal era fettuccine com fundo de alcachofra. (Será que as crianças daquela idade gostavam?) Quando não era época de alcachofra, eu ficava mal-humorado.

Não sei se era para se exibir para os outros pais do prédio ou se queriam ver se eu me animava com alguma menina. Minha mãe tinha medo de que eu fosse gay, certeza.

Teve uma vez que eu fingi que tava dormindo nas almofadas da sala enquanto as meninas estavam lá em casa falando qual delas gostava mais de mim. Minha mãe só arrancando confissões e confirmando depoimento após depoimento que eu não reagia às investidas delas. Minha mãe extraía esse tipo de informação sem precisar pendurar ninguém no pau de arara.

Uma tarde fingi dormir com um short muito pequeno naquele mesmo canto da sala e de pau duro para ver se a diarista vinha me chupar. Não rolou.

Sento na poltrona 19D do voo 721 da Copa com destino a Guadalajara. Tem mais um autor brasileiro no voo, mas ele ficou lá pra trás. Melhor, ou é preciso ir conversando a viagem inteira e eu odeio conversar sobre literatura, carreira literária etc.

Desde que o dr. Miranda descobriu a célula rebelde no meu corpo, eu sempre escolho um lugar no corredor. Fica mais fácil para ir mijar três ou quatro vezes durante o voo. E como eu não durmo mesmo no avião, não me importo em me levantar para que os outros passem.

Observo um por um os rostos, que vão crescendo vindo na minha direção pelo corredor, tentando adivinhar quem ficará ao meu lado. Uma garota que tá na cara que é mexicana me pede licença. Fico nervoso por não conseguir soltar o cinto de primeira. Ela senta na 19E e a 19F, janela, fica vazia.

Minha vizinha parece uma profissional da aviação. De forma organizada e metódica ela abre a mesinha de plástico, coloca o laptop sobre ela, sincroniza com a tela do celular, que aparece em imagem e acessível via computador, retira um dos brincos e com o alfinete espeta o iPhone para trocar o chip. Recoloca o brinco e dois *earplugs* nas orelhas retirados de uma caixinha projetada especialmente para eles. Pede uma água para a comissária de bordo. *Muchas gracias*. Ela é clara, com algumas sardas, mas o formato dos olhos revela que tá voltando pra casa. Ela mexe num arquivo Excel e eu não consigo entender do que se trata. Na hora da decolagem ela faz o gesto com a mão (esquerda?) do pai, do filho e do espírito santo tocando os três pontos do próprio corpo, e estranhamente o ritual me tranquiliza. Não combina com ela.

Jamais fico de meias no avião, acho o chão nojento e quando finalmente aterrissa, o pé inchado não cabe no tênis.

Na poltrona 18C, bem na minha diagonal, me irrita um sujeito que deixa o nariz pra fora da máscara cirúrgica azul.

Ele me lembra um ator meio nojento que trabalha em *Jackie Brown*. A pele sempre gordurosa, cara de idiota. Ou o Bill Murray magro, talvez. Não, não, é mais o James Wood mesmo.

A gente adorava um filme com ele chamado *Tensão*. Ele se vicia em cocaína e a vida vai despencando, e ele sempre prometendo se reerguer. No fim ele tá num apartamento minúsculo em LA batendo uma carreira e falando para a câmera que ele ainda vai dar a volta por cima. E fim. Hoje não se encontra mais o filme. O pessoal parece ter perdido o interesse por essa droga anos oitenta.

A gente tinha um pouco de medo do filme. Será que uma merda dessas poderia acontecer com um de nós?, o futuro da vida adulta estava aos nossos pés, poderia dar tudo tão errado assim?, qual o ponto onde perdemos o controle e fica impossível voltar sem ajuda? Esse era o verdadeiro medo. Ultrapassar esse limite e tudo que é diversão se transformar em inferno. Passar a vida de um círculo ao outro. Isso não. Nesse caso existe mesmo uma fronteira, limites, o lado de lá, e ninguém, ninguém mesmo quer ir além.

A Mary, a namorada do Dean, um dia quis me assustar e disse que um primo dela não pôde ser operado porque a cocaína tinha corroído os ossos dele, ou sujado o sangue, não me lembro mais, a gente tava andando na rua do prédio. Sei lá. Devia ser bobagem, mas mexeu comigo.

O falso ator hollywoodiano com a máscara mal ajustada parece estar sempre mastigando alguma coisa, mexendo aquela língua nojenta dentro da boca como se tentasse tirar um caco de castanha de caju de um molar inferior, ou se algum tipo de pequeno animal gosmento tentasse escapar da boca dele através dos dentes. Ele também mexe no rosto e em seguida verifica o garimpo asqueroso na ponta dos dedos.

Não consigo adivinhar a nacionalidade dele, nem pelo rosto nem pelas roupas. Ninguém fica na Cidade do Panamá. Deve ser uma merda nascer num paraíso fiscal.

Me aproximo dele silenciosamente com a faquinha plástica de sobremesa na mão esquerda e num movimento preciso e repentino salto sobre ele prendendo seus braços com os meus joelhos e serro a jugular com o objeto azul e banal. Preciso fazer força e repetir diversas vezes o movimento de serrar para dar um fim naquele fascista filho de uma puta. Ninguém nota. Ao lado dele uma mulher dorme com tapa-olhos e com a mantinha da Copa até o queixo. Corro pro banheiro para limpar o sangue das minhas mãos mas só vejo no espelho as minhas próprias impressões digitais de chocolate na máscara branca. Olho meu rosto patético fora da máscara, brilhando na luz branca do banheiro. (Sempre tampo os ouvidos quando dou a descarga no avião.)

A mexicana ao meu lado usa óculos de grau numa armação modelo Ray-Ban preto e fino. Fico ensaiando perguntar algo a ela, uma dica da cidade, qualquer bobagem. Imagino que a gente pode combinar de ir a um bar, já que eu perguntaria como é a noite em Guadalajara após pegar dicas de museus etc.

Ela mora num loft e faz pesquisa sobre algum tipo de epidemia. Já na metade do voo descubro que tem a ver com tuberculose, e não coronavírus. Ela baixa a máscara para comer o lanche de merda que a Copa oferece. Fico sem graça de recusar, afinal ela é da área médica e aceitou.

Um homem tosse na fileira da frente e ela interrompe a mordida no sanduíche de *jamón* de plástico para prestar atenção científica ao som. Volta a comer. Tá tudo certo. Não é tuberculose nem covid.

O comissário de bordo oferece formulários para não mexicanos e ela aceita um. Depois recusa e diz que é mexicana sim. Deve ser por causa dos earplugs. Ela usa um tênis Nike branco com o logo em camurça com estampa de oncinha, calças pretas justas e as unhas cortadas rentes têm uns restos de esmalte e as cutículas malcuidadas, como se ela ainda fosse uma criança de sete anos que usou escondida o esmalte da mãe e foi obrigada a tirar rapidamente quando o pai chegou em casa de surpresa. Todos são obrigados a pegar o formulário da alfândega. Ela pergunta ao comissário de bordo quanto tempo resta de viagem, para saber se já é necessário começar o preenchimento.

Acordo sempre depois do meio-dia. Nesse horário ela já saiu pra correr, voltou, tomou banho e está há algumas horas dedicada à sua pesquisa sentada numa cadeira fria com as coxas coladas no assento. Ela sorri pra mim enquanto dá mais um gole no café aguado e morno, com muita canela e açúcar. Acha divertido um tipo mais velho totalmente louco fazendo parte da sua vida. Seus amigos pesquisadores se afeiçoam a ele. É um cara carismático que vence a barreira linguística após a terceira tequila. Tudo acaba em farra e ressaca. Música alta, gritos, beijos, gente pisando no sofá, copos quebrados. O tapete manchado, a louça formando uma pirâmide mal construída na pia.

Abraço ela por trás mas ela me quer fora do apartamento já. Se desvencilha irritada. Grita em espanhol, o que é sempre mais dramático do que em português. Não vai sustentar vagabundo que nem se deu ao trabalho de melhorar o portuñol ridículo. Acho que foi isso que ela disse, ou teve algum falso cognato.

No banco da frente, uma mãe coloca a filhinha no colo e a cabeça da garota fica pendurada no corredor com o rosto voltado para trás. Se o carrinho passar para retirar o lixo certamente vai acertar a menina. Ela usa máscara cirúrgica e uma tiara com orelhinhas de urso rosa e azul-turquesa. O que ela pensa dessa estranha cabine com dezenas de monstros com seus estranhos bicos de diferentes cores e formatos? Essa espécie sem boca ou nariz que povoa seus sonhos.

Como colocar as máscaras que automaticamente caem do teto em caso de despressurização se já usamos essas outras presas atrás da cabeça ou pelas orelhas? Na simulação, a aeromoça não explica isso direito.

Tento ler o nome da minha futura amante no cartão da alfândega. Ela leva muito a sério o preenchimento. Eu não entendi uma ou duas perguntas e assinalei qualquer coisa. Ninguém liga para esses formulários, só servem para dar mais tempo aos policiais federais para tentarem notar alguma falha em nosso comportamento ou traje.

O policial americano que por um segundo desconfiou dos sapatos gastos de um passageiro da primeira classe mas no segundo seguinte achou que não fosse nada e deixou quieto, sofre todos os dias quando pensa no avião destruindo uma das torres do World Trade Center. (Essa história do detalhe traiçoeiro eu já tinha ouvido de um colega de curso de inglês que era policial federal. Era uma turma de adultos. Eu não levava o curso a sério. Eles riam. Mas deviam sentir pena também.)

Identifico o ano da data de nascimento dela, 1994. Me espanto e sou obrigado a fazer a conta mentalmente, como sempre faço quando conheço um adulto que tenha nascido depois de 1990. Simplesmente não faz sentido.

Retiro da sacola plástica que está nos meus pés um chocolate que comprei no Free Shop e por educação ofereço um pedaço a ela, aceita?, tem uva-passa e nuts, gracias, não sei se isso é um sim ou um não, é um sim. Pergunto em português se ela mora em Guadalajara. Ela não compreende, é como se eu estivesse falando em mandarim. Demora a entender essa simples informação que pode mudar os nossos destinos.

Conto que estou indo para a feira do livro e ela anota no celular o nome do meu romance. Diz que vai atrás. Não pergunta o meu nome. A conversa está encerrada.

Ela volta a se concentrar em seus tuberculosos.

(Aos vinte e sete anos eu não era responsável por absolutamente nada. Ninguém me pagava para ir nem até a esquina, quanto mais para fazer algum tipo de levantamento de campo. Eu não sabia nada de documentos para viajar ou como me virar com equipamentos eletrônicos, tudo bem que eles não dominavam a vida como agora.)

O comandante informa em espanhol, inglês e português que os preparativos para a aterrissagem foram iniciados. Mesinhas recolhidas, cintos afivelados e bancos em posição vertical. Fico puto com quem continua mexendo no celular sem deixar no modo avião. Após o ritual, minha vizinha de vinte e sete anos se distrai olhando pela janela.

Abre um blister de chicletes e não retribui o chocolate, aterrissamos, aplausos.

Não vou até a Cidade do México visitar a Lina e a minha filha. Na verdade, não tenho coragem de aparecer por lá depois de tudo. Em São Paulo encontro com os amigos que perguntam por elas, se a bolsa de doutorado da Lina ainda tá de pé e até quando, e se ela retorna em breve. Respondo com naturalidade ensaiada dezenas de vezes que está tudo ótimo, que minha filha já está fluente em espanhol, coisa que eu nunca consegui, e que em mais um ou dois anos estaremos todos juntos de novo.

Havia seguido os conselhos do Henrique e me formado numa merda qualquer de comunicação, o que no máximo garantia que eu ficasse numa cela especial no caso de ser preso com alguma droga.

Toma isso aqui que já já melhora. Na primeira noite sem o remédio eu entendi o que era a dor de verdade.

A sequência de lâmpadas brancas fere as minhas retinas. Sinto muito frio.

O urubu interrompe a refeição e me encara por cinco segundos quando me aproximo de bike. Ele levanta voo. No chão o rato parece uma fantasia. Uma daquelas toalhas para bebês com cabeça de bichinho. O ventre foi inteiro devorado. A pele coberta de pelo bege está esticada no chão. Dá para ver a espinha escapando por baixo dela. A cara tá intacta, parece que tá rindo.

Não sinto minhas pernas e a cada curva o carro me joga de um lado para o outro como um copo de plástico esquecido no piso atrás do banco do passageiro. O cheiro é podre e eu não sei se é do carro ou do meu corpo. O motorista guia como um suicida, o que me enche de raiva.

Num domingo qualquer, indo almoçar nos meus avós, meu pai achou uma camisinha usada debaixo dos pedais do carro. Conseguiu me mostrar, jogar pela janela e lançar um sorrisinho cúmplice sem que minha mãe percebesse algo. Sorrio de volta sem graça, mas não ouso falar porque posso vomitar a qualquer momento. (Por que eu não ficava em casa dormindo é algo que eu não entendo até hoje. Sei lá, culpa provavelmente.)

Eu sempre cumpri pelo menos metade do roteiro do bom filho. Acho que isso confundia um pouco meus pais na hora de contar pros amigos como eu estava. Ele é como o teu filho, gosta de estudar, é culto, lê muito. Papo furado, ou projeção, não sei.

Eu saía pra balada com o pessoal mas sempre estava lá nos almoços de domingo tirando forças de não sei onde para comer o famoso frango com macarrão da minha avó.

Eu também nunca deixei de viajar com os meus pais.

Eu me divertia de verdade enchendo a cara com meus primos nas festinhas caretas de família. Mas até hoje eu tenho dificuldade de dizer como eu estava porque para isso é preciso eleger um modelo, e foi justamente nesse ponto que eu pulei fora.

Tô em posição fetal e babando muito no moletom Hang Loose cinza e vinho. O terceiro rabo de galo me derrubou e os caras inventaram de me levar pro hospital para tomar glicose na veia.

Os bolsos eram muito largos e quando eu me virei a carteira caiu na privada da edícula da María do livro do chileno.

Sinto muito frio. Principalmente nos pés. Os dentes batem e o cheiro do vômito grudado nas narinas só vai sair em dois ou três dias. (O defunto ainda pensa estar na ambulância e não no rabecão?) Os plantonistas ficam putos por ter que atender filhinho de papai chapado. Explico que colocaram alguma coisa no meu guaraná na festinha de aniversário do meu priminho.

Ameaço quebrar a cara daquele filho de uma puta se ele telefonar para os meus pais. O Dean dá risada, uma risada só dele, aberta, irresistível, e pede desculpas ao enfermeiro.

Na cena de overdose do *Trainspotting* toca Lou Reed. É lindo o Ewan McGregor sendo engolido pelo tapete ao som de "Perfect Day".

No fim não teve jeito, vomitei depois do almoço no banheiro da minha avó. Lavei o rosto e vi na pia o velho pompom que ela usava para passar talco no corpo depois do banho e encher minha orelha quando eu era pequeno e reclamava que tinha pernilongo no quarto.

O rosto do dr. Miranda cobre a fonte da luz branca. Sinto muito medo. Pai? Cadê você?

Um amigo do mercado financeiro me explica que a manifestação é democrática, que não tem vandalismo.

Sonho que estou explicando para uma velha moradora do prédio dos meus pais sobre o risco iminente de um ataque nuclear. Ela me olha com nojo e tenta me espremer na porta do elevador.

Acordo com o braço esquerdo doendo.

Tomo uma tequila a mais do que devia e me vejo metido numa briga sem entender o motivo. Um cara quer me bater mas as amigas dele fazem o papel do deixa pra lá, esquece, o cara não sabe o que tá fazendo, e eu o papel do idiota que não vai embora e fica ali pedindo pra apanhar.

Não tenho como pagar a conta e no fim não apanhei. O cartão de consumação tá inteiramente preenchido. Entrego tudo o que eu tenho e me deixam sair. Volto a pé pra pousadinha em Camburi onde o dono amigo dos meus pais emprestou pra mim e pro Clemente o quartinho de empregados.

O último zelador foi despedido passando fumo pros hóspedes.

Um labrador tá dormindo na cama sem lençol.

No dia seguinte a gente entra na piscina gelada para curar a ressaca. Nadamos pelados sem nem notar e sem nenhum motivo especial, como se fosse o mais natural a ser feito. Chove na piscina redonda e a gente é feliz por alguns minutos. Uma família assiste a tudo preocupada que o destino da filhinha de nove anos possa ser o mesmo que o nosso.

Os pais costumam acreditar que uma cena dessas pode botar tudo a perder. Comento com o Tales que isso vem daquelas merdas do Freud que inventava que o cara era meio doido e sonhava com lobos por toda parte porque uma noite tinha visto os pais transando. Falo ainda que é impressionante que a mais-valia tenha sido tão questionada e que essas merdas de pais transando tenham criado uma enorme caretice generalizada até mesmo nos filhos do Maio de 68. Depois desses casos clínicos, os pais passaram a transar só depois das três da manhã com o marido segurando a boca da mulher para que ela não fizesse escândalo na hora de gozar e comprometesse assim o futuro da prole.

O Tales dá risada, como se tudo fosse muito mais complicado. Mas esse "tudo mais complicado", inacessível aos pacientes, também garante um certo monopólio da interpretação da sociedade nas mãos desses astrólogos modernos.

Chove muito. Acabamos com o uísque do bar do pai do Alex e ele fica puto com a gente. (O Alex vai envelhecer num bairro planejado no subúrbio de São Paulo. Vai se interessar por armas e vai acabar sendo filmado numa baixaria qualquer numa padaria dos Jardins dando um esculacho num funcionário negro. O vídeo vai viralizar e o advogado da família vai alegar que ele estava tomando um tarja preta qualquer para depressão etc.)

Coppola quis matar o Marlon Brando porque ele apareceu gordo feito um porco no set de filmagem e não foi capaz de ler o livrinho do Conrad.

Meu pai se recusa a pagar a propina na estrada pro guardinha pra não levar multa por excesso de velocidade. (Isso antes desse monte de radares nas estradas.)

Meus amigos gostavam do meu pai mas achavam ele otário nesse ponto. Eu ficava sem graça. Eu teria dado a grana pro guardinha se tivesse mais alguém no carro comigo. Acabou atrasando a viagem e não deu pra pegar praia no Guarujá na sexta.

Rolava muita sacanagem ali entre os adultos. Eu só compreendo agora quando assisto a tudo na tela da minha mente.

A cena do boi sendo assassinado à facada não foi encenação. Bastou pagar um troco a mais para que os cambojanos fizessem seu ritual sagrado da lua nova ao som de “The End”, dos Doors, e topassem refazer alguns movimentos para serem filmados de diferentes ângulos.

O boi ia se fuder de qualquer jeito, pra ele tanto faz se em ritual sagrado ou para alimentar a indústria cultural.

Na volta da praia a gente mal se fala. Voltar é sempre uma merda.

A primeira vez que eu senti cheiro de buceta foi quando a gente mexeu na mala da Mary lá no sítio dos pais do Dean. Alguém jogou a calcinha usada dela pra mim. Deve ter dado pra ler no meu rosto que eu estranhei o cheiro. Todo mundo riu.

Dr. Miranda me fala que eu tenho o coração de um homem de sessenta anos. E que nesse caso tudo fica mais difícil, que a aceitação do tratamento é uma incógnita.

Chorei encolhido ao lado da privada do banheiro quando fiquei sabendo do diagnóstico. Tocava o hino nacional. A pior espécie de brasileiro festejava mais um golpe enquanto eu rastejava sozinho pelos azulejos velhos do apartamento na Vila Madalena.

Vejo uma moradora do prédio dos meus pais nas manifestações pelo golpe e depois na grande queima de livros.

Dr. Miranda me diz que o abuso na adolescência começava a cobrar a conta. Pergunto irritado até quando ele esperava viver. Ele sorri como se a rainha dele estivesse sendo ameaçada pela minha torre. Responde que isso está nas mãos de Deus. Pergunto quantas mãos tem Deus afinal, mas a enfermeira interrompe avisando que a próxima paciente já está na sala de espera e que a máquina de bebidas enguiçou, como se a culpa do acaso no mundo fosse toda minha.

Vou embora. Entro mais irritado do que triste no elevador. Por que as melhores respostas sempre chegam atrasadas?

(Reescrevo o trecho.)

Dr. Miranda diz que o abuso na adolescência começava a cobrar a conta. Pergunto até quando ele esperava continuar com aquela vida medíocre. Ele sorri como se o seu cavalo estivesse prestes a ser enrabado pelo Calígula. Afirma que isso está nas mãos de Deus. Pergunto então pra que porra serve a medicina. Ele suspira e num falso desabafo fala que já pensou em desistir, mas que tem um compromisso de vida de ajudar o próximo, uma vocação. Tamborila na mesa e me chama de babaca em silêncio, apenas contraindo o canto da boca. Xeque-mate. Dr. Miranda é um jogador muito mais experiente do que eu.

A primeira vez que fumei maconha não senti nada. Alguém disse que era assim mesmo. Que demorava pra bater. A Laura me olhou como se eu estivesse perdido para sempre a partir daquela primeira tragada. Mas eu me senti parte de algo.

Perdi a chance de ficar com ela na noite do fumo.

Ela morreu num acidente de carro. Ela nunca bebeu nem tomou nenhum tipo de droga, mas o amigo dela tava chapado demais na descida do Pacaembu e não conseguiu controlar o carro. Ele sobreviveu. Vai frequentar uma igreja evangélica com marketing voltado para surfistas, ou algo assim.

A Laura foi enterrada no túmulo da minha família no cemitério da Lapa. Acho que era órfã. Sei lá. Não me lembro de nenhuma menção dela à própria família, nem sei de onde ela apareceu.

Quem trouxe ela pra turma afinal? (Preciso perguntar pro Pablo.)

Ficou uma foto dela num porta-retrato com moldura laqueada na casa dos meus avós. Cabelo ondulado loiro natural, pele muita branca e batom vermelho. Pensando bem tinha algo da Laura Palmer. (Não me lembro o nome dela, então fica Laura mesmo, sem sobrenome.) Ninguém procurou um bilhetinho sob as unhas dela.

Depois as séries imitaram essa ideia de que o crime revela um mundo todo fudido sob a suposta normalidade nas cidadezinhas dos Estados Unidos. Ninguém entendeu a terceira temporada. The happy few. A literatura nunca chega tão longe, não tem jeito.

Em Águas de São Pedro a garota que serve o café no flat se jogou completamente alucinada sobre um telhado de vidro. A cidade abafou, disse que foi um desmaio por causa da pressão baixa. Coitada. Família antiga na cidade.

Encontraram o Jef desmaiado e todo mijado depois de tomar uma garrafa de pinga para tentar cortar a onda da cocaína numa viela atrás do Great Northern Hotel. Pessoal no interior sempre bebeu muito. Droga?, não, aqui não.

Entro na padaria e a mesma garota suicida do flat me estende os braços com os seis pãezinhos num saco pardo de papel e vejo as cicatrizes nos pulsos muito clarinhos. O valor ela anotou com caneta Bic no embrulho.

No filme de Gus Van Sant os corredores da escola são limpos obsessivamente. Os debates entre alunos e professores ocorrem de igual pra igual, são de alto nível e democráticos ao extremo. Mas não tem jeito. Tá todo mundo pirado ali e o pior de todos compra uma arma automática no Kmart e decide acabar com tudo.

Dr. Miranda repete que eu não quero aceitar que não sou mais jovem, que o tipo idealista já não combina comigo, que estava na hora de assumir os atos todos e pagar o valor devido. Cravo minhas unhas na palma da mão esquerda até sangrar. (Penso em reescrever esse clichê, mas me esqueço.) Penso naquela escultura de merda no Memorial da América Latina. O sangue é claro, anêmico. Pagar a dívida com quem afinal, com Deus, com a sociedade?, porra, pagar com a própria vida me parece algo extremo, ofendi tanto assim os senhores e as senhoras de bem?

Leio sobre um casal que após almoçar na rua Oscar Freire estaciona o Jeep branco mais pra cima, na Pamplona, para participar da manifestação do domingo à tarde na Paulista. Eles querem um país melhor. Estão putos que a empregada inventou de estudar e lançou como quem não quer nada que o síndico do prédio deles do Morumbi era um ótimo exemplo de racismo estrutural. Onde essa merda vai parar? Vagabunda. O casal começou a achar o sabor do creme de aspargos estranho. Será que essa vaca tá envenenando a gente? Querem destruir tudo. Nos odeiam. A mulher conta que notou uns olhares meio tortos, um sorrisinho dissimulado. Sei lá. Não dá pra ouvir nada perto do caminhão de som. Pera, aquele ali é o Lobão? Bacana. Quem essa filha da puta pensa que é afinal? Fora, maldita. Meu pé já tá doendo, vamos?, já? O marido ainda não sabe se cumpriu o dever patriótico.

Na volta da manifestação eles conversam no carro e decidem que precisam de uma empregada nova. Tchau, querida. Vamos mudar este país. O álcool do almoço já perdeu o efeito mas a excitação de estar fazendo parte de uma massa de gente igual, que vai eliminar de uma vez por todas tudo aquilo que impede que a vida se realize como planejado, isso é mais estimulante que a caipirinha de lima-da-pérsia. Melhor pegar uma mais velha, não fica enchendo o saco com carteira assinada e sei lá mais o quê. Nos Estados Unidos não tem isso não. Quer sair de férias? E-co-no-mi-za. Verdade, amor. Os cubanos acabaram com Miami. Ô, raça. Cuidado, tem muito assalto nesse farol. Uns tipos fingindo que tão pedindo esmola. Olha, o Brasil tá mesmo fudido. Quanto filho largado na calçada e a vagabunda ainda tá grávida. As crianças não têm culpa. Não têm, mas de inocente não têm nada. Esses aí já são treinados pro crime desde pequenos. Coitadinhos. Isso, bem pequenos mesmo e já perdem a virgindade com a irmã, fumam crack e aprendem a roubar. Depois vem aquele padre de merda, como é mesmo o nome dele?, oferecendo comida e cobertor. Desse jeito ninguém vai querer trabalhar, né? claro, tem droga, cama, comida e ainda recebe um dinheiro do governo, bolsa-crack, era só o que faltava. Vai, abriu.

Depois do golpe o casal vai se desinteressar da política e voltar a curtir em paz os filmes Marvel no cinema do shopping Iguatemi. Vai passar aquela angústia.

De vez em quando alguma amiga putinha do filho inventa de usar boné do MST na piscina da casa deles.

A mãe do Cris proibiu a empregada de tomar iogurte. Assim não dá.

A TV no quartinho de empregada é proporcional ao tamanho do cômodo. Para a empregada da mãe do Cris, depois de treze anos vivendo ali, o mundo havia encolhido. Até ela encolheu. Depois de alguns anos ela não alcançava mais o olho mágico da porta da cozinha e começou a sentir muita dificuldade para levantar a panela de pressão. As roupas foram ficando cada vez mais largas e ela pedia ajuda pro Cris para erguer o varal. O Cris passou a sentir um pouco de nojo conforme ela foi ficando cada vez menor e a pele sobrando pendurada como o tecido da saia e das regatas encardidas. Ela passou a precisar se segurar no assento da privada pra não cair lá dentro. Ela já não sabia mais o que podia e o que não podia comer da geladeira. A mãe do Cris tá sempre de olho.

No começo ela sentia raiva, depois dava risada quando aprontava das dela e comia o chocolate que a mãe do Cris guardava na gaveta de calcinhas. Só aprendeu como se pronuncia a marca da língua de gato quando falaram de algum esquema de corrupção envolvendo um filho do Bolsonaro. Ela não entendeu nada, mas gostou de ouvir aquele nome pronunciado pelo Bonner no *Jornal Nacional*, como se ele estivesse falando diretamente com ela, um segredo só deles.

Mas não tinha jeito, aquele cerco da mãe do Cris foi envenenando a alma dela lentamente. Ela não percebia, era tudo em câmera lenta. Se fosse possível tirar uma foto dela no primeiro dia de trabalho e no último, talvez até desse pra duvidar que fosse a mesma pessoa.

Não tinha conversa, sem essa de final de semana livre. Sempre tem visita e você precisa me ajudar. Ela fazia tudo sozinha, claro. Mas a ideia de "você precisa me ajudar" soava como amizade, no fundo era um jeito de não pagar hora extra.

A empregada da mãe do Cris sempre se assustava com o kit surround da sala quando ia dizer boa-noite e a família respondia de volta sem olhar na direção dela. O susto que ela levava com o som de tiro na TV fazia a família toda dar risada. Quando acabava o filme, a irmã do Cris ficava indignada por ela não ter servido um lanche.

O Cris depois de velho ainda vai se masturbar pensando na bunda da empregada cavalgando no pau dele. Depois de gozar fica com nojo das lembranças. Olha pra filhinha e pensa onde é que ele tava com a cabeça.

Antes de desaparecer completamente, a empregada da mãe do Cris vai continuar encolhendo, cada vez mais, até que os ossos vão dançar soltos num saco de pele seca já sem movimento. A pele vai esfarelar e os ossos pouco a pouco vão ser varridos para o ralo como uma poeira grossa pela nova empregada, que avisa a mãe do Cris que deve ter cupim na casa. Isso aqui é poeira de cupim, dona, pode acreditar. Um único osso restante vai ficar caído atrás da máquina de lavar roupa da área de serviço e com o tempo vai se metamorfosear em um naco de sabão de coco velho e seco. Nem deixando de molho na água por dias faz espuma.

A nova família que alugou o apartamento da mãe do Cris de vez em quando vai se assustar com o estranho eco produzido na área de serviço, na verdade vai se irritar com as suas próprias vozes sendo repetidas com um maldito sotaque nordestino.

Desconfio que a mulher com quem transei na primeira noite em Porto Seguro era uma prostituta de férias. Sei lá, banho antes, umas manias, não me deixou chupar a buceta dela nenhuma vez.

O Cris mostrou a bunda pra irmã da María do livro e ela autografou com uma Bic vermelha. Tava todo mundo chapado naquela quinta de tarde na casa dela. Chovia e jamais passava pelas nossas cabeças que naquele exato momento alguém pudesse estar trabalhando num cartório, escrevendo um livro, preocupado com o vencimento do aluguel ou com a compra do supermercado, com o destino do país, com a democracia e com o ensino público.

Abre mais uma aí, vai se fuder, pega na geladeira. Ela era cleptomaníaca, mas a gente gostava dela mesmo assim. Em todo caso a gente sempre preferia ir à casa dela, porque na nossa era preciso ficar vigiando o tempo todo e mesmo assim não tinha jeito, ela levava algum suvenir.

Depois ela se perdeu com a cocaína. Era inteligente e tudo. Não sei como acabou.

A provável prostituta me liga para sairmos em São Paulo mas eu não atendo. O irmão dela ficava uivando na beira da piscina enquanto tentava tocar berimbau.

O Tales fala que tudo bem se eu quiser tomar um vinho. Falo que não dá. Tô muito enjoado por causa da quimio. Um tipo de ressaca que não passa. Ele me diz que é projeção. A luz pisca, a ligação cai e nenhum dos dois tem vontade de ligar de volta, cortou justamente quando eu mandei ele ir se fuder.

O tampo de vidro da mesa é brilhante. Há um homem de jaleco branco com as pernas amputadas bem na minha frente. Olho pra ele através do reflexo da mesa, já que não consigo erguer a cabeça para encará-lo nos olhos. Ele está na minha frente mas a imagem que fala comigo é espelhada, e erguendo com muito esforço o olhar consigo ver uma sombra do original.

Sempre penso sobre quantas vezes por mês esses homens de sucesso precisam cortar o cabelo para que pareça nunca ter sido cortado. Ele sugere que eu volte a escrever. Me distraio acompanhando a corrida de gotas de chuva na janela lateral do consultório, elas deslizam com mais velocidade que a baba que escorre da minha boca e passa segundos pendurada no meu queixo antes de molhar a minha calça.

Ei, oi, você. Palmas. Sinto um peso no meu ombro. Percebo que é um gesto de tudo bem, calma, vai dar tudo certo.

(E se na China esses tapinhas nas costas tiverem outro significado, um comando para atacar o inimigo, por exemplo? Nem todo mundo entende da mesma forma as instruções no cartão do Boeing 737 no compartimento em frente ao assento.)

Enfio a mão por dentro da calça e sinto uma textura plástica. Chego a pensar se eu sou um bebê na sala do pediatra, com a fralda pesada de urina. Balbucio algo. Minha mãe fica feliz que eu tô ganhando peso mesmo sem mamar no peito. A fórmula é boa, importada. Me encanto com esse mundo que é pura forma, sem sentido ou superego. Passo horas me distraindo com o móbile colorido sobre o berço. Nasci às oito da manhã. Fazia frio e eu era o único menino do berçário da Pro Matre com mantinha amarela e não azul.

Nada disso, teve aquela conversa de voltar a escrever. Sou um homem.

As lembranças são todas mudas. Quase arrebento meus pulmões ao inspirar com toda a força um gás que me sufoca cada vez mais, e quanto mais eu me sinto sufocando com mais força ainda eu inspiro. Não consigo me levantar. "*Is it tomorrow, or just the end of time?*"

Compreendo quando o homem de branco com as pernas amputadas comenta que foi por pouco. Que meu organismo quase não aguentou a quimio e que eu devo ter tido mesmo muitas experiências com drogas pesadas. Seu coração é o de um homem de oitenta anos. Sim, eu já sei.

Ele preenche um papel como se alguém estivesse respondendo ao inquérito e só eu não ouvisse as respostas. Toco no meu rosto e percebo uma expressão deformada. Toca "Purple Haze". O Hendrix jura que foi um sonho.

Cinco minutos no pau de arara e eu entregaria todos os pecados da juventude transviada terceiro mundo da classe média paulistana.

Dr. Miranda me olha com curiosidade. Deve estar gostando das minhas reflexões. "*Excuse me while I kiss the sky.*" Pergunto se ele tem um fumo enquanto continuo divagando sobre a sociedade contemporânea. Falo sobre o livro considerado menor do Soljenítsin. Não foi por acaso que ele escreveu sobre a vida no gulag e depois *Pavilhão de cancerosos*. Mas era 68 e o pessoal não queria saber do dia a dia de pacientes terminais em algum fim de mundo congelado da União Soviética. Ele sabia que uma única célula que se recusa a parar de crescer emulando a nossa utopia da vida eterna é capaz de aprisionar um homem tanto quanto todo o esquema do terror stalinista, tudo passa a ser controlado pela doença, controle total. Um gulag médico sem fronteiras, cercas ou guardas. Apenas médicos, enfermeiros e as portas da clínica escancaradamente abertas. Ninguém foge, como se o prédio em formato quadrangular e branco, com cheiro de benzina etc. e o neon verde com o logo iluminando os quartos próximos da placa externa, fosse um forte polo gravitacional.

Dr. Miranda acena para o lado e sinto apertões fortes nos meus braços. Procuro avisar que me esperam do lado de fora e que não vou mesmo continuar com o tratamento. Me debato. Dr. Miranda sorri enquanto eu o xingo de velho nazista sádico filho de uma puta com minha voz distorcida e muito lenta. A guitarra segue marcando a marcha. Meus braços ganham escoriações instantâneas. Não é um sorriso. O lado esquerdo despencou e essa expressão idiota não sai mais da minha cara.

A câmera se mantém parada de frente para o longo corredor da clínica. Dois homens fortes me arrastam pelos braços sem muito esforço. Meus tornozelos queimam no chão emborrachado. Marcas de sangue alaranjado pintam aqui e ali o piso branco testemunhando o meu caminho, enquanto desapareço na microfonia.

Talvez a filha dos caseiros do Guarujá na verdade fosse o filho.

Acordo num grande salão com macas enfileiradas e vazias. Parece um hospital para soldados feridos da Segunda Guerra. As camas são de ferro e não há nenhum tipo de aparelho como os que vemos hoje em qualquer hospital. Pelas janelas enxergo apenas o branco do céu. Será que neva lá fora? Faz muito frio.

Uma enfermeira se aproxima e manipula meu corpo com brusquidão. Suas mãos são ásperas e é possível adivinhar que antes da guerra ela tinha outra ocupação e agora, após perder parentes na Batalha de Stalingrado, foi convocada para ajudar neste posto no extremo norte do país. Em nenhum momento ela cruza o olhar com o meu.

Não sinto meu corpo da cintura pra baixo e, apesar de não estar sentindo nenhum tipo de dor, noto que ela deposita, uma após a outra, gazes encharcadas de sangue no lixo de metal ao lado da cama.

Provavelmente em sua ocupação anterior ela realizava algum trabalho braçal. Limpar meus ferimentos, e eles devem ser reais, a absorve. Não passa pela cabeça dela se os seus movimentos me machucam.

Meu pai sofre de enxaqueca. No primeiro dia em Nova York ele fica no quarto do hotel com as luzes apagadas. Saio sozinho e logo percebo que não sei o que fazer com a tão almejada liberdade.

Um médico com pinta de cafetão turco toca na enfermeira de uma forma estranhamente sexual. Ou são apenas figurantes ou imaginam que eu esteja num estado vegetativo, incapaz de compreender o que acontece naquele fim de mundo.

Explico para o meu pai que não posso ir muito além em certas questões, poderia desagradar pessoas próximas.

Ele dá de ombros e começa ali mesmo a transar com a enfermeira. A mulher com cabeça de porco.

De onde estou só vejo uma abertura na porta que permite enxergar o teto do corredor externo embolorado. O barulho da caneca de metal passando pelas grades das celas vai pouco a pouco me corroendo, fazendo com que minha barriga cave mais e mais o meu corpo. É o guarda que produz o som. Não há mais pacientes no hospital improvisado no antigo galpão de armazenamento de grãos.

O casal com seus uniformes brancos vai aos poucos ocupando o espaço da minha cama, que fica num quartinho sem janelas no subsolo da clínica.

Não é possível que o dr. Miranda permita isso.

Como uma planta seca ou um urso de pelúcia velho, com seu pijaminha xadrez, vou sendo espremido na cabeceira enferrujada da cama, o urso tem olhos azuis e uma linguinha idiota sempre pra fora.

Entro com a Lina numa lanchonete que anuncia o melhor cheesecake de Nova York.

Reconheço finalmente quem é o médico do posto avançado na ex-União Soviética.

AYOTZINAPA

Em Santos as pessoas achavam o dr. Mengele um bom vizinho. Simpático, gentil, reservado. Muito melhor do que essa molecada que não respeita nada. Colocava a cadeira de plástico na calçada nas noites mais quentes e jamais teve medo da onda de assaltos que varreu o litoral. Esse alemão deve ter sido durão quando jovem. Certeza.

Comento com o porteiro que seguir votando no Bolsonaro depois do mandato desastroso era o mesmo que apoiar o Hitler após o bombardeio de Dresden. Ele me pergunta quem é Hitler. Comento com a minha prima que seguir votando no Bolsonaro era o mesmo que apoiar o Hitler após assistir *Shoah*. Ela me fala que só curte séries de crime da Netflix.

A prostituta se veste antes de mim e eu desço as escadas do motel fuleiro com um falso ar de vitória. Não sou mais virgem.

Compartilho este arquivo com o editor. Não aguento mais ler e reler e corrigir e tentar ligar pontos muito distantes no tempo e no texto. E ainda as palavras repetidas, a precisão do estilo, sujo mas não muito. Estou adoecendo com isso tudo e não vou segurar o tratamento ininterrupto, as náuseas, a morte lenta. Talvez eu antecipe.

Recebo no grupo da família a notícia de que o pai do Arthuro morreu de covid e que sua mulher está entubada e desenganada. O casal de setenta e poucos anos frequentava Águas de São Pedro. Eles não têm filhos. Ela vai morrer sem saber que o marido já havia morrido. Ele morreu sem saber que a mulher estava entubada. Nenhum dos dois passou pela dor do luto. Ao serem transferidos para leitos separados, eles não sabiam que nunca mais se veriam.

A ONU promete enforcar o Orbán de ponta-cabeça. Estão recuperando as fotos do Mussolini para a grande performance.

Antes de morrer por covid-19, o escritor Sérgio Sant'Anna postou no Facebook: "O Brasil é um filme de terror".

Sinto uma leve falta de ar desde que acordei. Procuro me convencer de que é efeito da sinusite, mal que sempre me aflige nessa época do ano. (Será real a cena do sangue no apartamento do Clemente?) Acordo de madrugada com a falta de ar já bem mais pronunciada. Não consigo deixar de me ver entubado. Sinto medo e começo a programar a ida ao hospital, de madrugada ou logo cedinho pela manhã? Quem vai cuidar da cachorra? Pego o oxímetro digital que era usado pelo meu avô que faleceu com mais de oitenta anos, antes da pandemia. Tiro as pilhas AAA do controle remoto da TV e ligo o aparelhinho. Coloco o meu dedo anular naquela boca de plástico e dois números vermelhos brilham no fundo escuro, 99 e outro que varia indeciso entre o 72 e o 76. Entro no Google. O 99 é o que importa. A saturação de oxigênio no sangue está boa.

Ainda preciso aprender a respirar.

Na casa da Ilha fico paranoico com as maritacas que se enfiam entre as telhas e o forro de madeira do quarto e perambulam a noite inteira batendo as asas agitadas na escuridão do meu corpo entre a massa encefálica e o crânio.

Bateram na porta e eu abri sem pensar duas vezes. Agora estão aqui, armados. Eu sei. Ouço os passos, as conversas cochichadas, os sorrisinhos irônicos, os planos para que tudo pareça uma overdose, o barulho irritante dos pássaros.

Joan Didion morria de medo dessas batidas na porta quando morava em Los Angeles nos anos sessenta. Nisso ela tava certa e sacou o perigo da coisa toda antes de qualquer um, de que aquilo podia de fato degenerar. Mas todo o resto ela não entendeu. O que havia de sacrifício naquilo tudo para que aos dezessete anos eu pudesse viver o que eu vivi, isso ela jamais compreendeu. Só viu futilidade, maldade, rebaixamento mental, pobreza de espírito e muita, mas muita cagada. Para fechar o ensaio ela fala da criança que toma LSD e assim não deixa dúvida de que era só um bando de idiotas mesmo.

Todo mundo mente muito. Há uma espécie de disputa pra saber quem cheirou mais, bebeu mais, fez a maior loucura, em suma, quase morreu mas tava ali, de novo inteiro, ou semi, pronto pra próxima. Um tal de Marciano lá no colégio de merda na Lapa contou numa segunda-feira de manhã que tinha acordado na praia, num condomínio fechado e tudo, com uma poça de sangue ao lado do nariz. Didion acreditaria, porque afinal, que tipo de babaca contaria uma mentira dessas?

As pessoas se exibem com suas conquistas financeiras, amorosas, materiais, fama etc. Mas com uma poça de sangue que só prova que ele havia cheirado mais cocaína do que qualquer outro moleque do colégio e assim estava antecipando a própria ruína?

Mas nem tudo era mentira:

• O N. morreu de parada cardíaca na praia aos vinte e três anos.

• A filha do G. desenvolveu pânico.

• O F. passou sete meses internado depois de uma complicação renal.

• O J. chegou a dar um soco no olho da mãe.

• A R. ficou três dias presa.

• A P. teve um aborto espontâneo e anos mais tarde, quando finalmente conseguiu parir, o bebê tinha uma deformação causada por substâncias químicas que ela havia tomado em excesso durante a gravidez.

• A B. vai perder sucessivos empregos por causa do hálito de vodca logo de manhã cedo.

• O L. ficou preso por dois anos, não teve jeito.

• O P. ficou internado numa clínica no interior de São Paulo perto de Águas de São Pedro, que mais parecia uma colônia penal no sul dos Estados Unidos (como aquela em que o personagem negro do filme, porra, como é mesmo o nome do filme? São dois caras e uma garota viciados perambulando por Nova York e eles decidem ir pra Miami atrás de droga e no caminho o braço de um deles tá literalmente apodrecendo por causa da heroína e eles param num hospital e acabam presos. A garota na verdade não foi na viagem, e termina se prostituindo em festas de velhos pervertidos. O protagonista vai ter o braço amputado e o amigo negro fica preso, claro. E a mãe do protagonista se vicia em anfetaminas para dieta, acho. E vai pirar alucinada numa clínica delirando com os prêmios dos programas de TV).

No banheiro da casa dos meus pais os remédios nunca couberam em uma única gaveta. Tinha de tudo. De antitérmico a antidepressivo, passando por remédio pra gastrite, analgésicos etc. Um padrão colorido geométrico com faixas pretas e vermelhas por toda parte cruzando e dividindo áreas brancas, amarelas e azuis.

Desde muito pequeno eu sabia identificar a embalagem amarela metálica do Engov, o comprimido redondinho e branco de Plasil, o sabor da Novalgina em gotas, os diferentes xaropes. O cheiro do emplastro Sabiá. Tá com dor de cabeça? Enjoado? Dói na testa ou na nuca? Tem febre? Quer dormir no voo? Este aqui tira aquela outra dor. Toma metade.

O que Didion também não sabia é que alguns daqueles invasores entram sem que a gente perceba e vão aos poucos dominando cada canto do nosso corpo, as nossas ideias, um lento gotejar intravenoso em nosso cérebro. Daí o pânico, talvez a perda da visão e finalmente a paralisia de alguns músculos. Não é somatizar não.

Normalmente é algum vizinho ou colega da escola que oferece pela primeira vez. Vai, experimenta. É assim que tudo começa. Não, na verdade não é. É mais o comportamento de rebanho mesmo. É isso.

As mentiras todas, os disfarces, o colírio, o cheiro na camiseta, os CDs do Bob Marley. E sobretudo os milhões de olhos sobre nós.

Procuro no Google "aulas de yoga na Ilha". Vai ser bom voltar. Encontro muitas opções e vou até a mais próxima de casa. A professora é bonita e loira. Deve ter trinta e pouquinhos, um pouco de sardas no rosto. Imagino que podemos um dia transar. Que seria legal se ela de vez em quando dormisse em casa e que eu iria sorrir feliz e orgulhoso segurando a xícara quente de café com leite olhando ela voltar do Sarvangasana como um troféu no deque de casa cedinho pela manhã. Tudo úmido. A natureza pulsando.

Tá foda. Sou só eu e a cachorra. Sem Netflix, plano de saúde, conta no azul, comida orgânica, lixo reciclável e dentes brancos.

As palmeiras plantadas em primeiro plano com os morros cobertos de Mata Atlântica ao fundo me fazem lembrar os filmes do Vietnã. Não consigo relaxar.

No documentário sobre *Apocalipse Now* Coppola conta que chegar ali ao Camboja com todo o equipamento para uma superprodução era um espelho dos americanos no país vizinho com sua máquina de guerra. O que ele não entende é que pagar o exército do país de merda para usar os helicópteros da força de combate nas cenas do filme também tem a ver com a prática do país dele nesses cus de mundo.

No fim ele sonha que um dia, não muito distante, qualquer um com uma câmera na mão possa realizar um filme sem muita grana. Isso meio que rolou, mas ninguém mais foi capaz de seguir o caminho do Conrad ao coração do inferno como ele fez.

Enquanto espero a aula de yoga terminar para saber preços e horários, me lembro que sou um homem inchado por causa da retenção de líquido, careca e com um tom de pele estragado que o sol do litoral não resolve de jeito nenhum, como bem preveniu o dr. Miranda.

Na verdade o sol piora tudo. Uma cor de carne podre. Um bronzeado esverdeado, aquele brilho estranho que o sol produz no esgoto parado que tenta lentamente se misturar com a água do rio. É impossível saber a minha idade. O tempo no meu corpo corre de acordo com uma lógica diferente. Olho para as minhas pernas e noto como os joelhos se pronunciam de forma desmedida. Como dois crânios de chimpanzés instalados entre as canelas e as coxas. Minhas pernas ainda são estranhamente finas, mas as veias saltadas parecem as de alguém que pedalou a vida toda. Não é bem um cara de cinquenta que aparenta dez a mais. Trata-se na verdade de uma outra espécie.

O gosto quente e pegajoso na boca denuncia o mau hálito. As balas de hortelã só pioram. Chego a pensar que o fedor da minha boca pode ser de todo o meu corpo, que eu estou empesteando a sala e também o dia e os sonhos desses jovens saudáveis que cantam numa língua incompreensível para divindades igualmente incompreensíveis, e estranhamente isso tudo cria em seus rostos uma deformação que se assemelha a sorrisos.

O editor em Bogotá sugere que eu escreva uma comédia sobre essas comunidades. Tento armar uma peça mentalmente durante o voo de volta ao Brasil, mas só destilo ódio e ressentimento, não há mais tempo para risadas.

As roupas pretas e largas provocam desconfiança no pessoal assim que a prática termina. Tomam o chá enquanto me olham de canto de olho, mas aprenderam alguma coisa com um guru qualquer ou seguindo o perfil do Yogananda no Instagram sobre não julgar pela aparência e acabam se esforçando para dirigir um sorrisinho na minha direção.

No fundo estão torcendo para que eu jamais me matricule. Vou embora sem me informar sobre planos e horários. (A contracultura encharcada de Índia também gerou fanatismo, sofrimento e crime.)

O mar já engoliu para sempre a ciclofaixa e parte da avenida que contorna a orla da Ilha. Apenas o topo vermelho da kombi do churros ficou visível.

Muita gente duvidou que isso fosse mesmo acontecer. Na minha frente, onde antes era o calçadão, passam boiando caixas estufadas de OMO, uma cabeça de um bebê de uns três anos, daquele tipo de boneca hiper-realista, um pau de construção com um morcego pregado nele pelas asas e três garrafas vazias de Coca-Cola de dois litros separadas por intervalos de segundos, como se apostassem corrida.

A professora de yoga da Ilha vai suspirar aliviada. Aquele esquisitão. Vocês viram? Na verdade, ela só pensa isso, mas não fala nada. Em algum recanto silencioso do corpo perfeitamente alongado e alinhado vai nascer a ideia inconveniente, suja, o beco. Aos poucos cresce como um verme morno e esponjoso que se alimenta dos restos de seus mais profundos desejos e se arrasta entupindo as veias, estrangulando o fluxo de sangue. Ela não consegue saber de onde vem o mal-estar. Até que no meio da madrugada, três dias depois, ela vai acordar assustada com a imagem do coronel Kurtz anunciando com a sua simples presença, não a decadência de todos os valores, mas a própria impossibilidade de seu restabelecimento num nível minimamente aceitável.

O apocalipse já teria acontecido sem alarde e era preciso que alguém contasse o óbvio mas que ninguém quer aceitar, para que finalmente cada edifício, montanha, árvore e bicho desapareçam.

Ela sente um calafrio quando se lembra do meu corpo de costas indo embora. Careca. A bata negra. Sem estrondo. Ela se segura na lateral da cama quando vê o rosto iluminado no quarto escuro, o olhar vazio a atrai para o precipício das cavidades abertas sem os globos oculares. Ela enrola as pernas no lençol, mas sente a cama inteira sendo tragada, os equipamentos das aulas, tateia o lado do colchão e o marido não está, agora é só ela e os seus medos mais profundos e secretos.

O segundo namorado, ela não sabe se aquilo foi mesmo um estupro, prefere tentar esquecer e se convencer de que não, que ela tava a fim mesmo apesar de completamente chapada. Nem conseguia ficar de pé, era na casa de uma amiga que tava no sofá com o namorado, os dois rindo, os três, ela sente a aspereza do tapete mais uma vez lhe queimando as costas, ela pediu pra ele parar, tentou empurrar o peito dele com a mão fraca, todo mundo ria, o cheiro de conhaque por toda parte. Cê tá bem, amiga?, que loucura ontem de noite, né?, sim, tô bem, acho, e o choro baixinho por meses seguidos.

Decido me masturbar pensando na professora de yoga da Ilha, mas meu pau parece um animal em decomposição. A metamorfose foi lenta, eu não havia notado.

O Tales me avisa que não dá mais pra fazer diagnósticos um por um. Ele não sabia do livro novo e por coincidência estava lendo o *Álbum branco* da Didion e achou que o caso dela tinha algo a ver com o meu, então copiou alguns trechos do relatório médico dela após o primeiro desmaio, em 1968.

Ele pede desculpas, mas tá difícil encontrar papel sulfite, então ele escreveu num guardanapo enquanto matava a terceira cerveja comprada de um ambulante no local exato onde ficava o famoso bar dos escritores da Vila Madalena. Ele nunca conseguiu se livrar do hábito de sentar por ali nos finais de tarde. Um ambulante que vendia água no farol sacou a oportunidade e pegou um isopor emprestado com o cunhado dele e passou a vender Skol em lata para aquele resto de inteligência e cultura da cidade.

A tinta preta borrou um pouco.

Leio com má vontade depois de tirar as folhas engorduradas do envelope estufado que ele me envia pelo correio.

"Em junho deste ano, a paciente experimentou um episódio de vertigem e náusea, com a sensação de que ia desmaiar. AH DESCULPA ESQUECE ESSA PARTE personalidade no processo de deterioração ... defesas ruindo ... preocupações libidinais primitivas e regressivas ... deturpadas e bizarras ... ISSO AQUI É IMPORTANTE mecanismos de defesa que incluem intelectualização, dispositivos obsessivo-compulsivos ... formação reativa e somatização ... respostas da paciente é muito incomum e com frequência bizarro, repleto de preocupações sexuais e anatômicas. BLÁ-BLÁ-BLÁ TEM UM PAPO AQUI DE INTELIGÊNCIA ACIMA DA MÉDIA MAS É COISA DE AMERICANO PODE ESQUECER é como se ela sentisse ... todo esforço humano ... fracassar. AH OLHA SÓ na visão da paciente ela vive em um mundo de pessoas movidas por impulsos estranhos, conflitantes ... que as levam ao fracasso. É ISSO. ESPERO QUE AJUDE. QUE BOM QUE SAIU DA CLÍNICA. NO VERSO TEM A RECEITA PARA O MESMO REMÉDIO QUE RECEITARAM PRA ELA. NÃO SEI SE É FÁCIL DE ACHAR NO BRASIL. FICA BEM, T."

Limpo a boca com o diagnóstico ilustre mas de segunda mão, amasso e jogo fora no lixinho da cozinha. Minha expressão de desânimo e raiva borrada de preto da tinta da carta é sobretudo patética.

O prédio fica na rua Cônego Eugênio Leite, Pinheiros, São Paulo. Um bairro por assim dizer de classe média-média. A rua é tranquila, apesar do colégio ao lado. Hoje em dia, como vem acontecendo em toda a região, os comércios locais estão sendo transformados em opções hipsters. Veganos, bicicletarias, café gelado, *gelato*, livrarias de nicho etc. Antes não tinha nada disso. Não havia um restaurante ou loja que fizesse alguém atravessar a cidade para vir até aqui. A principal rua de comércio é a Teodoro Sampaio, que luta para não perder seu trecho mais popular nessa artéria que atravessa o bairro de cima a baixo com sua pista de ônibus barulhenta por causa da inclinação que força o motor das máquinas. O prédio tem quarenta e oito apartamentos de cem metros quadrados cada, uma vaga na garagem. Os quatro apartamentos do último andar formam a cobertura, todos eles com o dobro de área e escada caracol de ferro no meio da sala. Duplex sem glamour ou qualquer projeto arquitetônico muito bem pensado, mas que ainda assim podem ser chamados dessa forma. Por fora ele é branco e de tijolinho, as sacadas têm grades com barras verticais de ferro pretas envolvendo a área externa de no máximo três metros quadrados. A área de lazer no térreo surgiu após decidirem acabar com a garagem externa, que virou uma quadra poliesportiva de dimensões reduzidas. Com isso os carros todos desceram para a garagem coberta, forçando a contratação de um manobrista, o que causou aumento na taxa de condomínio, que hoje deve estar em mais ou menos mil e quinhentos reais, três mil para as quatro coberturas, e sucessivas e históricas reclamações dos moradores sem filhos, que curiosamente eram a minoria.

Houve uma espécie de baby boom naquele bloco de concreto de mais ou menos trinta metros de altura. Isso em plena década de oitenta. Provavelmente efeito de um grupo que, se não enriqueceu, conseguiu bons empregos graças ao ensino superior gratuito e o milagre econômico dos militares, que para a maioria da população foi na verdade uma praga econômica de efeitos duradouros. Seja como for, algo fez com que aquele grupo específico botasse fé no futuro e enchesse suas unidades com crianças. Naquela época também existia o financiamento público de moradias do Banco Nacional de Habitação. E a maioria ali comprou dessa forma, com direito a certas anistias das parcelas de tempos em tempos promovidas pelo governo. Sempre esconderam o carnê com o logo do BNH, envergonhados, mas o fato é que os moradores que restaram até hoje não seriam mais capazes de pagar o valor atual de mercado do imóvel. Isso tudo não os impede de chamar a polícia e xingar mentalmente qualquer um que arme uma barraca improvisada de papelão na marquise da padaria desativada. Sofrem para pagar a taxa de condomínio e sonham com portarias robotizadas.

Os andares sem crianças ficavam marcados na nossa imaginação como números estranhos, pouco familiares, até os botões do elevador que correspondiam a esses andares eram menos gastos.

Meu pai abriu as paredes do terceiro quarto para ampliar a sala. Foi um dos primeiros a fazer uma parede com tijolo de vidro. Acho que também foi pioneiro em colocar cor em algumas paredes da casa. No andar de cima, ele ampliou a sala e trocou o piso do terraço. Minha mãe não gosta da ardósia, mas naquela época era moda. Construiu uma churrasqueira e comprou muitos vasos de plantas. Como toda cobertura, tinha muito vazamento, então ele construiu uma escada levando a um terceiro andar. Com o tempo ele foi se animando com a área morta do prédio, que acabou pegando para ele. O pessoal não gostou e ele teve que desmontar o estúdio. Minha mãe diz que foi inveja.

O entregador de pizza subia até os apartamentos, depois resolveram que era preciso retirar no térreo e hoje, finalmente, ele não pode passar pelo portão, mesmo se estiver chovendo. O prédio resistiu às modas de segurança. Não tem nada de especial além das câmeras que quando precisam ser acessadas invariavelmente apresentam defeito. Esses acessos normalmente têm a ver com brigas internas, amassados nos carros que os donos juram ter sido obra do manobrista e esse tipo de coisa. Que eu me lembre nunca houve um assalto no prédio.

Os moradores tinham relações ambíguas com o nome. Andando pelo bairro você encontra o Miami Star e mais alguns da série. Um morador foi obrigado a tirar a bandeira vermelha com o rosto do Lula da varanda, falaram que isso interferia na fachada. Ele topou desde que as três ou quatro do Brasil também fossem retiradas. Na época da Copa meu pai colocava uma quadriculada verde e amarela pendurada. Era a maior do prédio, mas ninguém via direito lá de baixo.

O quarto extra do terceiro andar só dava pra ver da rua de baixo, onde ficava o bar do Mário. Quando passo por ali de carro desacelero, a mesma confusão de sempre, mas não reconheço rosto algum nas mesinhas na calçada. Ninguém fica do lado de dentro onde tem um balcão que ocupa toda a extensão do bar.

A avenida Rebouças é uma das mais importantes da cidade e delimita o fim do bairro. Uma avenida de grande movimento sem nada de especial, a não ser para os moradores de Pinheiros, já que ela marca rigidamente a fronteira entre o bairro e o vizinho Jardins, símbolo de poder econômico. Ao norte, outra grande avenida impede o crescimento do bairro, a Dr. Arnaldo, com seus cemitérios, bancas de flores e o maior complexo de hospitais públicos da cidade. O Hospital Emílio Ribas, de doenças infecciosas, ficou famoso e temido na época em que a Aids surgiu, assombrava todo mundo que passava ali em frente.

Meu avô me alertou para usar camisinha, mas eu tinha uns oito anos e não entendi nada. Quando via uma mulher na rua, ele insistia para que eu reparasse na bunda, talvez existisse um grande medo de ter um neto gay.

Na verdade, para nós, o bairro acabava ao norte bem antes, na avenida Henrique Schaumann. Quem morava nas travessas para cima dessa grande avenida que atravessa o bairro transversalmente, não andava com a gente, era outra turma.

O Dean tinha uns amigos por lá e num domingo de noite fui com ele à casa de um deles. Um apartamento, claro. Uns tipos que passavam o dia na academia, com pit bull etc. Já não curti, mas ficamos chapados vendo as reprises dos gols da rodada daquele final de semana do Campeonato Brasileiro. Ouvi algo sobre terem matado um morador de rua, mas não posso garantir. Nem sei se já tinham matado ou se tinha sido eles. (Não sei até que ponto escrever aqui sobre isso me torna cúmplice.) Nunca mais cheguei perto daqueles caras.

Ao sul, o largo da Batata, e pelo lado esquerdo, o bairro da Vila Madalena, que cria uma fronteira fluida e imprecisa, inclusive culturalmente. Sempre curtimos os bares do bairro vizinho e era difícil conhecer alguém da nossa idade que morasse lá. Para nós, a Vila era uma região exclusivamente noturna.

Quando saí da casa dos meus pais, fui morar na rua Harmonia, perto o bastante para esticar o cordão umbilical familiar ao máximo sem arrebentá-lo.

A campainha tá tocando. O quê? Tá sim. Não, é o som. O Cris abaixa o volume de uma vez e o berro na porta ganha alcance máximo. Desço a escada caracol do apartamento de dois em dois degraus com receio de que a vizinha reclame de noite pra minha mãe.

Alguém acendeu mais um baseado e a roda se forma naturalmente. A chuva parou e o mormaço queima as nossas costas. Uma das gêmeas tava de biquíni por baixo e tira a camiseta.

Me masturbei muitas vezes durante semanas pensando nessa cena, o rosto desaparecendo sob o avesso da camiseta enquanto o biquíni laranja surge segurando os seios redondos que caberiam perfeitamente nas minhas mãos. O que mais me impressionou foi ela ter feito isso sem aviso prévio, ali, do nada. Mais ainda, quem sai de casa em São Paulo num dia de semana qualquer com biquíni por baixo da roupa? (Seria preciso todo um capítulo sobre masturbação, talvez um livro inteiro, mas o Philip Roth já fez isso como ninguém.) Vai entender, acho que vive preparada para uma eventual piscina.

O prédio formava com a gente um corpo único e orgânico, e pelas ruas do bairro era só falar "no prédio" que todo mundo sabia que era o nosso. Sempre ocupamos completamente os espaços. Elevadores lotados, três times para o futebol na quadrinha, gente na sala e nos quartos de um apartamento qualquer, a portaria cheia impedindo que os adultos passassem.

Os grupos também ganhavam divisões e subdivisões, mas estranhamente voltavam a se reunir como se houvesse um efeito de polo gravitacional que levava todo mundo a um ou dois apartamentos específicos. Não era preciso combinar nada.

Não existia celular e ninguém ligava na casa do outro. A gente ouvia com um pouco de medo sobre aquele mundo cantado pelos Racionais. O Guina que não tinha dó, os caras lá no presídio, era todo um universo que se aproximava concretamente da gente a cada compra de fumo ou que nos ameaçava a cada batida policial.

Às vezes eu ficava meses sem descer para a quadra. Isso quando tinha uns doze, treze anos. Não sei muito bem por quê. Eu assistia tudo lá do décimo segundo andar com o queixo apoiado nos braços cruzados sobre a grade da sacada. Meus amigos minúsculos se movendo na quadra como bonecos G.I. Joe e eu com o queixo doendo. Quando eles olhavam pra cima, eu rapidamente me escondia.

Antes de construírem o prédio vizinho dava pra ver da janela da área de serviço o cemitério da Cardeal Arcoverde.

Uma vez eu vi sem querer pra fora da bolsa da diarista um álbum de fotos no banheiro de empregada. A mulher se mata pra limpar a casa e todo mundo com nojo de sentar no assento daquela privada. É foda. Tinha umas fotos dela de quatro de calcinha ao lado de uma amiga, ou colega de trabalho. Acho que se prostituía pra ganhar uma grana extra ou oscilava entre a fase da faxina e a da prostituição.

Algum funcionário do puteiro deve ter tirado e ela teve vergonha mas mandou revelar mesmo assim na Fotoptica do centro da cidade. Não consigo entender hoje o que ela fazia com aquilo. Não tinha internet nem nada pra divulgar. Será que ela mostrava a própria bunda para alguém antes de fechar o programa? Ou vai ver tirou de farra, como recordação.

Com uns quinze anos, ficou claro que eu não era gay. Acontece que a cara de adolescente já começava a tirar a graça do garoto de rosto bonito. Vou colocar uma foto aqui para que vocês entendam. Seleciono uma em que devo ter uns dez anos, por aí. Sentado numa cadeira de vime na casa do Guarujá da Augusta. Pulseirinha da feira hippie no pulso esquerdo e camiseta da seleção brasileira.

A Natasha e o marido vêm de Paris me visitar na Ilha e comentamos que sem as bombas da Segunda Guerra é muito difícil vencer o fascismo. Mesmo destruindo Dresden, a coisa ficou ali cozinhando em fogo lento, esperando uma oportunidade.

O filhinho deles brinca sem parar com um *pop it*, uma placa de silicone desenvolvida para que as crianças relaxem apertando aquilo infinitamente.

A Natasha explica que as gerações atuais já perderam o Holocausto da memória. Acham que tudo aquilo aconteceu num passado tão distante quanto o Império Romano e estão interessadas exclusivamente em uma vida melhor, e se alguém garantir que o problema é o bairro de imigrantes, então, bem, por que não expulsar todo mundo de lá?, ou jogar logo uma bomba? Essa é a situação.

O taxista alemão dirigindo um Audi até o museu de arte contemporânea instalado na velha estação se altera visivelmente quando menciono os americanos, começa a me responder em alemão, não entendo nada. Primo Levi teve alguma pequena vantagem para tentar sobreviver no campo porque conhecia o idioma do inimigo e também, se não me engano, precisavam dos conhecimentos dele como químico, mas a estratégia pela parte mais grossa da sopa e a proibição de não poder chupar gelo simplesmente porque não pode, disso eu não me esqueço. Ele também conta que anos depois, quando algum alemão estranhava o sotaque dele, ele respondia que era o sotaque de Auschwitz, a linguagem seca, cortante, sem sentimentalismo, expondo as entranhas daquela merda toda, o papel exato de cada um para que aquilo fosse possível.

"*I'm sorry, I can't understand you*", ele bate a mão no volante e continua dirigindo com dezenas de palavras entaladas na garganta, espumando de raiva como nas grandes ressacas quando as bolhas transbordam por cima da língua e não tem mais como segurar. Os caras odeiam os americanos, não tem jeito, ele fala algo sobre eles serem podres.

Os nazistas cogitaram enviar os judeus para a África e os americanos queriam mandar os negros deles para a Amazônia, mas nada disso deu certo. (Como a gente ainda admira esses filhos duma puta desses gringos é algo que não entra na minha cabeça.)

E bem na hora em que eu resolvi me interessar pelas meninas, elas se desinteressaram por mim. Ainda rolava de vez em quando ficar abraçado, essas coisas. Elas se surpreenderam com a minha mudança. A irmã do Dean uma vez me chamou para tocar violão pra ela no quarto do Guga. Ela já era mulher feita aos dezenove anos e eu não acreditei que ela podia querer algo comigo. Antes fez uma piada que eu tava com hálito de cebola. Minha mãe tinha encomendado comida árabe.

Minha timidez não ajudava, acho que era algo com o Gardenal na infância somado à escola de elite onde eu nunca consegui me impor no meio daqueles futuros alguma coisa já desde sempre. Para eles Miami era o quintal das férias e não um nome idiota estampado com letras douradas e sujas na fachada de um prédio em Pinheiros.

Ao meu lado no voo está um casalzinho novo. Eu me espanto quando ele se refere a ela como "minha esposa". Sempre achei que faltava uma palavra boa pra isso. Esposa, mulher, amante, companheira, marido, esposo, cada uma tem um problema para definir a variedade de cada contrato. Eles vão juntos ao banheiro duas vezes. Não, nem sonham em transar por lá.

O rapaz me chama de senhor e me conta que eles passaram a lua de mel na Califórnia. Moram no bairro do Jaguaré na rua Henning Boilesen. (Eles não sabem que o nome estranho é do dinamarquês que presidiu a Ultragaz. Ele financiou a repressão durante a ditadura e foi reconhecido por algumas vítimas por ter assistido sadicamente às sessões de tortura. Acabou executado pela guerrilha na alameda Casa Branca, a mesma onde fuzilaram o Marighella. O Obama não tem ideia de todo esse sangue na alameda que tem o mesmo nome da residência oficial dos presidentes do país dele.)

Estão encantados com os próprios smartphones, mesmo que em modo avião, e provavelmente já planejam o próximo apartamento num lugarzinho melhor.

Sinto um pouco de pena dela. Mais dia menos dia vai se submeter ao cara. Na verdade já se submete, mas ainda não sacou muito bem tudo o que está em jogo no modelo família feliz. Os dois são magrinhos e muito brancos e a alegria deles começa a me deprimir. Eles guardam o bolo de laranja envolvido em filme plástico numa sacola de compras, provavelmente para comer quando finalmente chegarem em casa.

Nem toco na comida. Talvez seja a minha última viagem. Empurro a caixinha de papelão pra frente e fecho os olhos.

Daqui a vinte anos o marido vai ter um AVC fulminante e a esposa vai morrer aos noventa. Magra, curvada, com o mapa das veias aparecendo por baixo da pele transparente e quebradiça. Sem filhos. E sem saber como é gozar a vinte mil pés de altitude.

A conta de fato chegou. Dr. Miranda tinha razão. Só me pergunto se teria sido tudo muito diferente mesmo.

Acordo assustado, a camisa branca que a María esqueceu em casa quando decidiu que iria mesmo voltar pra Paris está empapada de suor nas minhas costas, e o pesadelo começa. É tudo em preto e branco. Sempre. Ouço as vozes, conheço a história toda, mas a tela tá preta. E o corpo estripado pisca numa poça de sangue. A palavra SATÂNICO me apavora. O Godard costumava dizer que não é sangue, mas vermelho. A foto do Charles Manson na penitenciária. "De noite enquanto você dorme eu destruo o mundo." Ninguém se lembra mais do rosto da Sharon Tate. Dou um Google em "jovem negra morta com uma filha na barriga no Rio". Foi no Jacarezinho. "Pisa no pescoço dele e enforca até a polícia chegar." Depois voltaram lá e mataram mais vinte e seis ou vinte e nove. Em um deles atiraram à queima-roupa no quarto de uma criança onde o suposto bandido havia se escondido. Na internet dá para ver a foto do quarto com sangue respingado nos móveis simples e cor-de-rosa e branco e a mancha vermelha, não, aqui é sangue de verdade, que o corpo arrastado deixou.

Eu me esforço pra não vomitar o pedaço de pizza de queijo esquentado no micro-ondas, a massa fica mole, a mussarela torra um pouco, o tomate molhado e vermelho-escuro demais, como se estivesse maduro e fora da geladeira há dias.

Os crimes da Família Manson foram cometidos em julho e agosto de 1969, poucas semanas antes de matarem o Marighella. A rajada de tiros que destruiu a cabeça da Marielle Franco foi dada por um profissional treinado pelo governo. Nos Estados Unidos, o primeiro sentimento de indignação viria do fato de isso ter sido feito com o dinheiro do contribuinte, como eles costumam dizer nos filmes. (Na verdade, é assim que aparece nas legendas.)

A polícia faz uma blitz numa festa ilegal nos Jardins em São Paulo durante a pandemia. Uma socialite bêbada grita com a polícia: "Vai pra favela!". Digito o nome dela no Google só por não ter nada pra fazer. Descubro que ela colocou próteses na bunda em Miami e depois tentou ganhar um concurso sei lá onde de miss bumbum, mas foi desclassificada porque não contou que tinha silicone.

Penso nos homens fardados rindo depois do ritual de fuzilamento coletivo do presidente Allende. Todos fizeram questão de dar ao menos um tiro no chileno naquele onze de setembro. Eu nunca mais consegui transar depois que passei a construir na tela da minha mente as cenas daqueles filhos da puta voltando excitados pra casa com sangue respingado nos uniformes e babando como lobos atrás das vaginas secas de suas esposas que não podiam imaginar há sete anos quando disseram sim em uma igrejinha de merda da periferia de Santiago que seriam estupradas naquela noite por seus maridos violentos cheirando a bebida barata como se fossem uma espécie de troféu em homenagem à covardia.

Me encaro no espelho por tanto tempo que vejo como será a minha expressão no meu próprio velório.

Leio na internet que antes de virar líder da seita mais bizarra da América, Manson já tinha sido preso e estava desempregado. Tinha um lance com música, era obcecado pelos Beatles e jurava de pé junto que a canção "Helter Skelter" era uma espécie de chamado pra guerra. Ele adorava o *Álbum branco*. O Paul voltou a tocar a canção em seus shows para toda a família. Dois dias depois do tiro em Dallas, Jack Ruby matou Lee Oswald para depois morrer na prisão. Na Wikipédia USA, Oswald é Marine and Marxist e Ruby um Nightclub Owner. *Lee Harvey Oswald* é o nome da revista dos poetas real-visceralistas Ulisses Lima e Arturo Belano. O projeto gráfico é do pai de María do livro do chileno, um arquiteto que não imagina que no Brasil surgiria a tendência da arquitetura antipobre: pedras, grades, espetos colocados em diversos equipamentos para garantir que moradores de rua morram de frio, ou ao menos fiquem cronicamente doentes durante uma tempestade.

Os grandes mamíferos têm hábitos noturnos. No Congo de Leopoldo o horror é branco e ardido. Hienas destroçam leões sob as luzes da NatGeo. Conrad anota tudo. Sempre tem uma voz dentro da outra nos livros dele. Uma espécie de irmandade no terror. O leitor tem que aprender que é parte desse enorme corpo social, queira ou não queira, e, bem, num corpo tem de tudo.

Me apoio na pia fria do fim da madrugada e ouço o primeiro ônibus do dia reduzir a marcha para subir a rua Harmonia. A água sempre vaza na pia, mas não dá pra ver. É uma coisa lenta, quando você olha, tá a poça e aquela umidade na pedra impossível de eliminar. Se não secar todos os dias, no verão aparecem umas minúsculas larvas brancas e nojentas.

O García transou com a María no lavabo do apartamento dos meus pais e descolou a pia da parede.

Quando finalmente esvaziei tudo após a morte deles, passei a mão no rejunte e percebi que a pia continuava solta. Ninguém nunca notou aquelas rachaduras mais pronunciadas, como veias negras numa pele branca e velha. Os livros eu vendi num sebo, e exausto com as tralhas todas que não acabavam mais, fiquei imaginando se o Pablo não podia fazer de novo um esquema com os carinhas da favela.

Acabo rindo sozinho enquanto balanço a cabeça.

O Pablo também tá morto.

A favelinha da Natingui em Pinheiros deu lugar a um complexo de quadras de tênis.

Abro uma caixa de fotos. Todas as nossas viagens estão registradas. Em três momentos diferentes lá estou eu abraçando o Pluto, o Mickey e um daqueles dois esquilos idiotas. Me lembro que sei lá por que dei um tapa na cabeça de um deles e a fantasia quase caiu. Ele me deu uma dura apenas com gestos. Isso hoje parece engraçado, saber que eu nunca apanhei dos meus pais, mas tomei um esporro daquele esquilinho de merda.

Os latinos que ficam suando nessas fantasias são proibidos de falar com as crianças. Imagina um branquinho americano que um dia ainda vai para a Ivy League descobrir que o Pluto tem sotaque igual ao do porto-riquenho que frita batata na lanchonete?

Depois tem uma sequência minha montado num camelo com as pirâmides ao fundo, a vista de Nova York do alto das Torres Gêmeas, uma paisagem misteriosa no interior da China, uma festa temática para turistas num resort no México onde mexicanos fazem o papel de mexicanos imaginados por americanos, a piscina do Jerubiaçaba em Águas de São Pedro e eu ali com uns óculos escuros redondinhos, magro pra cacete mas feliz, bem menor na casa do Guarujá com uma camiseta regata azul-clara com o logo do Club Med, abraçando nosso cachorro Life na casa da Lapa, o bolo de aniversário em formato de campo de futebol feito pela mãe do meu pai, um Carnaval em branco e preto em que só reconheço meus avós muito jovens, acho que num clube ou algo assim, meu álbum de um ano com todo tipo de montagem e diagramação bem pensada para cada um dos meses celebrando a vida que chegava, e meus pais, juntos, ele com barba, bigode, óculos escuros e de grau e ela sempre com os olhos grandes, variando o cabelo conforme a idade e a moda.

(Por que nossos pais sempre parecem muito mais felizes do que nós nessas fotos antigas?)

Voltei a mijar na cama. Alguém disse pra minha mãe que rezar antes de dormir resolveria.

Minha mãe achou um absurdo eu arrebentar o carro do meu pai com um vizinho de prédio que ela nunca topou. Sempre ficou a dúvida sobre quem estava realmente dirigindo. Se tivesse lembrado, talvez minha mãe me perguntasse no leito de morte, filho, fala a verdade, foi você mesmo que fudeu tudo aquela noite?

Antes a gente tinha ido a uma cervejaria ali em Pinheiros. Rolou um lançamento de livro e era tudo de graça. Os pais achavam normal a gente tomar doze cervejas com dezesseis, dezessete anos. O pessoal resolveu cheirar cocaína na mesa do bar mesmo. Ficava num mezanino nem tão escondido assim. O Paulo mijou numa caneca de chope vazia. Achei meio foda, minha mãe que tinha arranjado os convites, podia dar merda.

No dia seguinte meu vizinho foi fazer um giro pela Europa com a mãe e a irmã. O pai preferiu ficar em São Paulo transando com a secretária. De noite ele a deixa na estação de metrô da Consolação. Não dá pra ir até a zona norte numa hora dessas, tchau, querida.

Eu mesmo jogo no lixo minhas fraldas pesadas e troco os lençóis da cama. Nunca aprendi a mexer na máquina de lavar roupa. Sempre fiz um bolo no armário com o lençol de elástico.

Em Tijuana não tive coragem de engolir o verme da tequila.

Vi dezenas de vezes a cena do Bin Laden deitado atirando com aquele rifle num campo de treinamento com um casaco camuflado. Na cadeia, o Manson se pudesse mataria o saudita de merda que ousou atacar o país dele. Olhando a foto na internet, fico imaginando a força do carisma. O cara era um esquisitão, vamos falar francamente, mas no fundo no fundo isso pouco importa.

Eu tive muitas espinhas no rosto durante a adolescência. Aquilo me deixava bem deprimido, triste mesmo. Recusei alguns convites nas piores fases, não dava pra sair daquele jeito. Todo mundo via, claro, tava escancarado, mas, se alguém comentasse, acabava o meu dia. Aí você fica sempre inseguro, alerta para qualquer tipo de comentário maldoso, uma piada idiota, na eterna defensiva. E não tem como esconder. Você leva o seu ponto fraco estampado literalmente na cara.

Minha mãe arranjou pra mim uma esteticista lá perto do Pueri Domus e de vez em quando eu ia lá. Ela era ótima, dizem. Não adiantava nada. Mas sempre havia esperança de que depois de alguns dias as espinhas não voltassem. Mas elas sempre voltavam.

Ela me recomendava jamais espremer, mas chega um ponto em que não tem mais como resistir. Ela era loira, cabelo curtinho, olhos verdes. Eu tinha dezessete, ela devia ter uns trinta, por aí. Hoje eu entendo o que é uma mulher de trinta anos, naquela época ela era uma mulher mais velha e só, o que não me impedia de achá-la bonita, apenas estava fora das minhas projeções sexuais masturbatórias.

Um dia enquanto me apertava aqui e ali ela comentou que tava ovulando. Isso mesmo, ovulando, naquele momento, usou exatamente esse verbo. Devo ter dado uma resposta idiota qualquer. Ou fiquei em silêncio tentando imaginar o que aquilo queria dizer. Ela esperava o que de mim afinal? (Pensando agora, se fosse hoje, eu provavelmente ainda não saberia o que dizer.)

Durante a sessão há inevitavelmente algum tipo de toque. Ela precisa variar os apoios para manter a mesma força com que avança com as duas mãos sobre o meu rosto. De vez em quando os seios roçavam o meu ombro. Ela não se desculpava.

Em *De olhos bem fechados*, quando Tom Cruise e Nicole Kidman estão chapados na volta da primeira festa, ela comenta sobre as mulheres nuas no consultório, depois de ele ter demonstrado ciúmes com a dança dela com o cara mais velho, romeno acho, e ele acha ridículo o comentário dela, que é tudo profissional no consultório etc. Ela começa a gargalhar compulsivamente da resposta babaca dele. Sei lá, se eu fosse um pouco mais maduro talvez esses toques todos com a esteticista pudessem ter ido além. Transar com ela compensaria toda a minha insegurança por causa das espinhas. Eu nem ligaria mais pra nada daquilo. No dia seguinte eu chegaria no Pueri me sentindo muito mais foda que o irmão do Paulo.

A barba esconde a maioria das marcas que ficaram dessa época. As que ainda sobraram não chegam a me incomodar e de certa forma dão notícia da minha adolescência, que foi ontem. Me fazem lembrar que essa coisa toda de amadurecer é um conto do vigário.

O marido da esteticista é poeta. A gente acabou se encontrando fora do contexto das espinhas e da ovulação. Nesse dia ela devia estar com uns cinquenta e poucos, e eu uns quarenta. Ela envelheceu bem. Mantém um certo frescor, como se a imagem de mulher mais velha simplesmente não combinasse com ela. Quando menciona numa roda de amigos que foi minha esteticista, é como se eu voltasse a ter dezessete anos e alguém apontasse para o meu queixo inflamado.

Talvez se naquela época o Manson me acolhesse, levantasse minha moral, me abraçasse e falasse que eu era lindo e que iria cuidar de mim como se eu fosse da família dele, sei lá, matar também é demais, mas no fundo não é impossível de entender por que esse pessoal que teoricamente tem tudo na Suécia ou na França vai lá se meter naqueles cus de mundo para se juntar à jihad. Não precisa ter instinto assassino, basta uma autoestima de merda.

Furio Colombo: Por que pensa que determinadas coisas são, para você, tão mais claras?

Pier Paolo Pasolini: Não queria falar mais de mim, talvez tenha dito até demais. Todos sabem que eu pago as minhas experiências em carne e osso. Mas estão aí também os meus livros e os meus filmes. Talvez seja eu que erro. Mas continuo a dizer que estamos todos em perigo.

O Dean achou que era uma boa chance de levantar uma grana fácil pra curtir uma temporada no litoral. O pai dele tinha cortado a mesada e tava foda. Os pais moravam no sítio e o apartamento era todo dele, mas sem grana fica difícil.

Ele conhecia o cara que trazia os ácidos de Madri e só ia fazer a intermediação.

O Dean um dia nos ensinou que na hora de dividir o microponto era preciso colocar uma caixa de fita cassete de cada lado senão as metades voam tão longe que ninguém mais consegue encontrar.

Parece meio óbvio, mas todo mundo ouve com atenção máxima quando o líder da jihad ensina a cortar o fio certo para detonar a bomba. Eles prendem os coletes nos suicidas com um cadeado para o caso de alguém pensar duas vezes. Vi na Netflix. No fim é a garota menos religiosa, só que a mais insegura da turma, que mergulha de cabeça na coisa do terrorismo. Na hora H ela se arrepende, e é aí que o espectador com os pés pra cima tomando sorvete de chocolate descobre a manha do cadeado. Dá pena.

Não dava pra imaginar que estava tudo armado entre a Polícia Civil e o *Cidade Alerta*. O diretor do programa de TV queria uma apreensão de drogas com delinquentes brancos da classe média. Um vereador tava no pé dele por causa da "inclinação racista do programa" de só filmar pobres e pretos envolvidos com a criminalidade, o que "reforça os estereótipos raciais negativos sobre toda a comunidade afro-brasileira que historicamente construiu este país com sangue, suor e lágrimas". Podia ser o filho dele, ele pensou depois que o programa foi ao ar e deitou a cabeça no travesseiro de astronauta.

Por alguns segundos apenas, o apresentador do *Cidade Alerta* se arrepende de ter passado os últimos dez anos desmoralizando os direitos humanos, reforçando que bandido bom é bandido morto, que é preciso diminuir a maioridade penal e que a pena de morte tem que ser pra ontem.

Foram encontrar o Dean escondido no armário da avó do Arthuro, uma quadra pra frente do prédio, na mesma rua. Sei lá como ele entrou lá em cima e ainda fechou a portinha por dentro. Mas o cobertor caído no chão entregou o esconderijo. (Fico imaginando se a polícia passa pelo ridículo de se agachar pra procurar algum fugitivo debaixo da cama.)

A rua foi fechada nos dois sentidos e a vizinhança toda saiu para ver o Dean e o Arthuro passando algemados de cabeça baixa depois de seis ou sete viaturas chegarem com estardalhaço para prender dois idiotas apontados como traficantes de alta periculosidade.

Um carinha lá de Águas de São Pedro era o infiltrado da polícia responsável por essas armações. Tomou um tiro na cara um dia saindo de casa naquela cidadezinha de merda. O Paco perdeu um carro pra ele, até hoje não sei como. Treta de droga, dívida, intimidação. Aí o cara acha que vai ficar quanto tempo fudendo os outros desse jeito? (Ainda mais num país que com alguns milhares de reais e um monte de raiva você encomenda a morte de qualquer um. Até matar juiz já mataram. Deve ser bem mais caro e aí é preciso muito mais do que raiva.)

Naquela época os celulares não tinham câmera. Menos mal. Hoje já não dá mais pra recuperar as imagens veiculadas na TV.

O pai do Dean pagou pra que ele ficasse numa salinha de dois metros quadrados na delegacia do bairro. A família do Arthuro não tinha grana, só o apartamento. Era um tipo calado, sempre com uma mochila nas costas. Dizem que escrevia mas ninguém nunca viu os poemas dele. Acabou cumprindo pena na Febem.

O Dean saiu com a ficha limpa depois de um mês apertado lá onde guardavam uns fichários ou algo assim. Mas ele se sentia tranquilo de noite quando olhava pela janela de vinte por trinta centímetros e, mais importante do que a lua, via a ACM de Pinheiros. Tava em casa.

Os caras iam chapados levar frango frito e Coca-Cola pra ele na delegacia e achavam graça que ele tinha que guardar as coxas para os dois nigerianos da cela da frente ou na hora do banho de sol ele tava fudido.

O Dean ficou decepcionado que eu não fui nenhuma vez. Não sei por que não fui. Depois o pai dele comprou um boxe na Galeria do Rock e o Dean passou a vender relógio e boné falsificados pros skatistas de Osasco. De vez em quando a gente ia lá fumar um baseado e assistir às escadas rolantes do prédio.

O Arthuro desenvolveu algum tipo de paranoia na Febem, passou a achar que alguém ia acabar com ele de madrugada e depois que saiu começou a culpar a avó por tudo, até que um dia botou na cabeça que ela havia escondido o currículo dele e que ele ia perder a entrevista de emprego da vida na TV Record. Foi ficando cada vez mais transtornado e repetindo a história do currículo sem parar e cada vez mais exaltado começou a dar uns chacoalhões na velhinha. Do mesmo jeito que ele ficava na cela, só que lá ele não tinha coragem de se meter com os carinhas do Embu, Cidade Tiradentes etc.

Entrevista porra nenhuma, nunca preencheu um currículo na vida, aliás, mesmo que quisesse, nem ia ter o que colocar, mas acabou esfaqueando a barriga da avó. Depois sumiu.

Recolheram de manhã bem cedinho o irmão dele pelado e completamente chapado nas ruas de Paraty. Acho que foi no Carnaval de 1999.

Os irmãos do García depois de dois dias rodando a cidade levantaram uma manta xadrez embolada perto da estação da Luz e finalmente acharam o caçula da família. Antes de olhar para o irmão, eles desviaram o rosto por causa do cheiro azedo que subiu daquele pacote de imundície humana. O olfato costuma ser pouco valorizado, mas naquele momento foi o que falou mais alto para revoltar os caras.

O mais novo deles tava com uma garota de uns treze anos toda mijada que disse tchau pra ele com um brilho no olhar, que era uma mistura de semanas de fumaça de crack acumulada misturada com afeto genuíno pelo garoto, enquanto os irmãos o arrastavam pelos braços perguntando se ele achava justo fazer aquilo tudo com o papai e a mamãe. No fundo não é tão ruim assim ter uma família careta que vai te buscar nesses buracos. O que que ele tinha na cabeça de se meter com aquela gente?

O caçula começou a cheirar cola aos treze anos com o filho do sapateiro vizinho ao prédio onde a família morava na zona leste. A mãe estranhava o uniforme da escola todo melado, mas quem podia imaginar. Achava que era doce de leite ou alguma porcaria da aula de artes. Não sei pra que ensinam essas merdas. Escola é pra fazer conta e cópia.

Hoje o caçula pede pizza todos os domingos e dá a bordinha queimada pra cachorrinha vira-lata que ele recolheu na rua sem saída do apartamento no Tatuapé, ele não tem nojo que ela lamba os dedos dele, vota no Bolsonaro e acha o Brasil uma merda, não dá nem pra ter uma moto que um filho da puta desses pode te assaltar num farol.

O primo do Dinho não entendeu que a coisa era pra valer quando os traficantes da favelinha da Natingui que passaram o tijolo de fumo para ele cortar e vender na balada da playboyzada avisaram que não iam aceitar palhaçada. (Naquela época o Gabriel O Pensador tava fazendo sucesso e estranhamente a playboyzada achava graça na música que falava que eles eram todos uns débeis mentais.)

O primo do Dinho guardou o fumo na casa dele, e os caras não estavam nem aí para as ameaças dos traficantes. Queimaram tudo. No fim o primo do Dean ficou sem a maconha e só levou uns trocados depois de encher muito o saco de todo mundo e quebrar a porta do armário do quarto com um chute numa sexta à noite antes da balada. Chorou de raiva. De medo também, provavelmente. Eu me senti mal na hora, mas segui a matilha e dei só uma nota de cinco reais meio amassada. Fiquei aliviado que a de cinquenta não saiu por engano do bolso. Então tá. Beleza, vai. Pega aí. A mãe do Dean perguntou da sala se estava tudo bem, mas não quis interromper o *Globo Repórter* sobre os grandes felinos da África meridional.

O primo do Dean tomou um tiro na cara em plena luz do dia na praça Benedito Calixto. Saiu no jornal e tudo. Foi velado em caixão fechado e ninguém teve coragem de ir ao enterro.

Só quem já enfiou a boca num saco plástico de supermercado sem nenhum furinho e aspirou o bafo quente da cola de sapateiro consegue imaginar.

Não teve jeito, o Dean meteu a mão na cara do Alex. Ninguém separou.

Na balada o Dean do nada socava alguém. Nunca entendi. Um cara meio idiota olhou pra bunda da Mary de um jeito um pouco mais demorado e pronto. Precisou depois de reconstituição do maxilar, ficou três dias com a boca amarrada com arames. Só tomava sopa. Chorava de raiva e vergonha assistindo TV no quarto. Tava só se divertindo, tomando uma cerveja na lata enquanto não começava o show do Chico Science no galpão da Barra Funda. Não tinha como saber a extensão da turma e que lá na outra ponta o Dean tava vendo tudo. A Mary era legal. Acho que acabou estudando direito ou virando apresentadora de TV. Mas achava o máximo essa defesa do cinturão de campeão. Não tenho certeza se ela entendia que o papel dela na história era justamente o de cinturão. Enfim.

Um dia ela foi esperar o Dean na cozinha de casa e a gente se beijou. Ela só pediu pra deixar a luz da cozinha acesa porque o Dean podia perceber pelo vão da porta que tava tudo escuro e aí ela tava fudida. Ela já usava calça com cintura baixa antes de ser moda. Tinha que depilar bem.

Sei lá. Uma criança que comete suicídio é algo que não dá pra entender. Ninguém tem culpa, mas desse jeito a gente fica como?

Como pode? Um ato de tamanho desespero representado por uma atriz mirim. E pra sempre. A literatura aqui patina. (O editor me explica que é isso mesmo, que a literatura é um conjunto de protocolos que vão sendo atualizados e certos cantos da nossa loucura cotidiana não podem ser iluminados por uma sequência de letras qualquer.)

Meu amigo Victor se matou logo de manhã cedo. Pulou do quinto ou sexto andar. Ninguém entendeu nada. Antes respondeu e-mails, se espreguiçou e sorriu para o sol nascendo no Rio como se estivesse prestes a realizar o seu grande sonho.

Jaider Esbell se matou enquanto suas obras eram aplaudidas na Bienal de Arte de São Paulo. Arte indígena contemporânea, entre outros rótulos. Público, críticos, jornalistas, todos têm um tiquinho de participação nessa merda toda. Querem que os índios salvem o nosso mundo depois que a gente destruiu o deles e estamos finalmente fudendo com tudo. O mundo desmorona inteiro ao mesmo tempo, não tem pra onde fugir, nenhuma aldeia no Alto Xingu vai nos redimir, estão tão perdidos quanto os moradores da Cidade do México ou da Cidade de Deus, cercados por guardas ou milicianos com rostos cobertos e portando submetralhadoras.

Anthony Bourdain se matou na França. Acho que se enforcou no armário. Tinha tudo. O que ninguém tem coragem de perguntar é o que é exatamente esse tudo e o seu preço. Não segurou a onda. Acho que tem alguma coisa a ver com a vida lá na América de verdade. Aquilo lá deixa qualquer um maluco. Aqui também. Só que é outro tipo de horror. O Godard recorreu ao suicídio assistido. Não estava doente, mas de saco cheio. Ele chegou a dizer que teria pulado de um penhasco, mas sentia medo.

Marx dizia que a coisa do suicídio era social. Acho que uma filha dele também se matou. E Carradine, Marilyn, Mohamed Atta, Walter Benjamin, Deleuze, Flávio Migliaccio, Cesare

Pavese, Stefan Zweig, Sócrates e Lucrécio, a massa de leitores fiéis do Werther. A irmã do Alex pendurada no chuveiro.

Como explicar para os irmãos mais novos? Quem avisa a escola? E quem herda as Barbies?

Quando a mãe do Alex finalmente chegou em casa depois de onze chamadas perdidas do fixo da casa no meio da tarde, viu a filha no colo de um homem com uniforme azul grosso beijando a boca dela enquanto tapava as narinas com o indicador e o polegar da mão direita. A mãe gritou com ele, filho da puta, tira a mão da minha filha já. Antes xingou a empregada por não ter deixado um áudio no WhatsApp. Caralho, eu falei mil vezes que não atendo mais ligação.

O funcionário tinha feito um curso de primeiros socorros oferecido pelo condomínio. Quando tocou o lábio da suicida, a boca já tava fria. A língua rígida.

Ele larga assustado o corpo da menina como os dois caras largaram aqueles produtos vencidos no estacionamento do supermercado de alguma cidade de merda do sul do país quando o segurança virou a luz na direção deles, ei, que porra é essa?

Um bando de gente diferente, uns apanharam na infância outros não, uns já estavam com o futuro garantido de saída enquanto outros, semifudidos, tinha preto e tinha branco, uns estudavam e outros já trabalhavam em algum serviço de merda do tipo motoboy, um ainda mijava na cama. Aparentemente ninguém era gay. Pelo menos a gente não notava.

O Tales só faz que sim com a cabeça. Ele não sabe o que dizer mas na USP ensinaram que esse gesto transmite ao paciente a confiança de que ele tá indo bem, que mais um pouco ele cruza a linha de chegada. Ou o Rubicão. Tanto faz.

Por enquanto minha única pista é que não existe padrão. Nem antes nem depois. Como conseguiu se enforcar no chuveiro da suíte dos pais? O que o pessoal do clube vai pensar?

Qual você tá lendo? Na hora fiquei sem graça, só lia revistas de bandas de rock e de cinema, mas me chamou a atenção uma capa azul na estante. Tô lendo este, *A peste*, do Camus, me empresta?, sim, amanhã você pega, então tchau. Li o livro todo numa única noite para no dia seguinte ter o que falar quando disse que minha mãe não tinha se importado de emprestar. Ela nunca devolveu e minha mãe nunca deu falta. (Será que isso aconteceu mesmo ou li num livro?)

A literatura me engoliu e só me vomitou de volta no consultório do dr. Miranda, então a quimio e essa merda toda passaram a ser minha nova obsessão.

A gente se beijou uma única vez. Acho que ela sentia pena de mim.

De vez em quando o Dean bate na porta da irmã. (Muitos anos depois vi o Dean meio gordo, um pouco calvo, andando no calçadão da Ilha. Provavelmente chapado. Mudei de direção.) Os pais morreram e a herança foi só o apartamento que acabou vendido e a grana teve que ser dividida com a família nova que o pai formou com a ex-secretária, não deu quase nada pra cada um dos filhos.

A Lina também não aguentou. Voltou pro México com a nossa filha. Aquela história de chegar em casa chapado de madrugada e ligar Led Zeppelin no talo tem um pouco de graça nas primeiras vezes, aos vinte e poucos anos. Aos quarenta já é foda.

E sempre tem os caras junto. É isso que complica tudo. Acordar domingo de manhã querendo tomar um iogurte e passear no parque e depois de se espreguiçar sem pudor de mostrar a calcinha, encontrar aquela gente zoada espalhada pela casa não tem cabimento. O cheiro de cerveja nas latinhas semivazias é um troço que não dá pra se acostumar. É uma espécie de memória olfativa da ressaca. As latas quentes e amassadas me transportam diretamente para um turbilhão de memórias recentes e arrependimentos.

A ressaca é um juiz implacável.

A mulher do Cris jura que o Dean acabou com o casamento deles, que vivia batendo lá, chamando o marido pra sair, que os dois voltavam chapados e só queriam ficar no videogame. Dá até pra ver a cena. Os dois rindo, ela tentando estabelecer uma rotina de casalzinho, um esquema jantar gostoso, filme, talvez transar, e antes de dormir ficar pensando no que ainda dá pra melhorar na casa. Ainda troco aquela cortina feia que eu trouxe da casa da minha avó, o quê?, nada, dorme. Fez bem.

Desisto de consertar as telhas e a água nos dias de chuva forte inunda o quarto na Ilha. A luz da geladeira nunca funcionou, os alimentos no escuro dobram a minha repulsa pela comida. Apesar da dificuldade enorme de engolir qualquer coisa, meu corpo não para de inchar, como um glutão rabelaisiano tomando água amarelada na torneira da pia da cozinha e inchando, inchando e inchando.

Passo horas examinando minhas mãos e meu tornozelo.

O clima fora de casa é sempre o mesmo, vento forte, garoa que se transforma em chuva violenta de um minuto para o outro e vice-versa, as pessoas o tempo todo buscando abrigo debaixo de alguma marquise. O sol não aparece e o mofo lentamente domina todas as minhas roupas. O tom esverdeado da minha pele também já não sei se é mofo que a recobre ou se é algum tipo de transparência que permite ver o apodrecimento interno. As roupas pretas ganham estampas orgânicas acinzentadas e brancas.

Minha mãe ficou brava quando emprestei um moletom novo para uma das gêmeas do prédio. Me explicou toda a teoria do valor, segundo a ótica burguesa, claro. Eu gostava dela e receber o moletom com a estampa de índio de perfil de volta com o perfume adolescente feminino e doce era o que valia, mas isso não tinha como explicar pra minha mãe.

Perco a vontade de ouvir música, o que o Tales entende como um forte sinal de dissolução aguda. Não tenho certeza do significado do conceito.

O papel de parede descascado vai se acumulando no chão da casa da Ilha, formando uma textura de folha seca molhada por causa dos vazamentos. As janelas sempre abertas, o cheiro de podre que vem da geladeira e do meu estômago.

As hienas rindo no Alvorada.

A derrota na final da Copa de 98 não impediu que a gente tomasse o cooler inteiro de cerveja e mais duas garrafas de Steinhaeger. Meu pai não gostou que a Joana escorregou na escada caracol do nosso apartamento e caiu estatelada no chão rindo deliciosamente louca. As coisas não estavam passando um pouco dos limites? Avisei que não, que eu ainda ia me envolver em um acidente de carro e deslocar o pescoço da prima da Tati com o impacto no barranco voltando de um churrasco sei lá onde e (não dá pra contar tudo aqui).

A fama de junkie e as fotos do chileno me atraíram para os livros dele. Sei lá, as cenas de sexo eu poderia apostar que só podem ser escritas daquela forma por quem vivenciou algo minimamente semelhante com aquilo tudo. É um detalhe aqui, um exagero ali, um freio pudico e você saca que a coisa é artificial. Com o chileno é diferente, é tudo perfeito nesse sentido. Não que a experiência te faça automaticamente ser capaz de representá-la de forma verossímil, não é isso, mas talvez nesse caso seja a soma das duas coisas. O rosto muito magro, o jeito de segurar o cigarro, o riso meio impaciente, as roupas pretas, pode apostar.

Hoje ninguém mais compra a *Playboy*. Tá tudo na internet.

Não dá pra entender uma coisa dessas. Livro em editora legal, namorada, apoio dos pais, viagens internacionais. E o salto do quinto ou sexto andar. Vi a notícia na página da editora. Me deu medo, uma angústia real, não essa que o pessoal usa para descrever estados de espírito de personagens de livro. Será que um dia eu também poderia ser atraído para uma merda dessas? Parece que ele tomava remédio tarja preta para garantir que ia aguentar. Não sei, concluo isso por causa de umas fotos no Instagram. Ele tinha rosto de anjo.

Se cuida, meu chapa.

Pier Paolo Pasolini: Mas eu digo que, em certo sentido, todos são fracos, porque todos são vítimas. E todos são culpados, porque todos estão prontos para o jogo do massacre. Só para ter. A educação recebida foi: ter, possuir, destruir.

A Lina me escreve um e-mail do México. Vai se juntar com um tal de fulano não sei do quê, um daqueles nomes mexicanos com certa combinação de letras que torna a palavra impronunciável. Finalmente vai se mudar para a rua Anáhuac, perto da Insurgentes.

O frango com aquele molho escuro me dá náuseas até hoje, devia ter tido coragem e comido numa daquelas barraquinhas sujas do mercado de rua.

O gosto de presunto estragado envolve toda a minha boca. Passo o dedo no céu da boca tentando tirar algo que parece um filme plástico que estava misturado com a comida, mas é a gordura rançosa que impregna minha mucosa. Esfrego com a escova de dentes, uso Listerine sem diluição, mas no dia seguinte ainda sinto uma leve película com cheiro de esgoto.

Mas e a minha filha?

Quando o mediador me pergunta se estou lendo algum autor mexicano, me dá um branco. Não estou, mas li muitos. Era só meter um Octavio Paz na história e tava tudo resolvido. Me atrapalhei, disse que sempre congelava quando me perguntavam o que eu tava lendo. O mediador comenta rindo que recentemente um candidato a presidente respondeu que estava lendo a Bíblia, e virou piada.

É preciso garantir que minha filha não faça nenhuma bobagem. Eu sacaria qualquer trapaça ou mentira. Os olhos vermelhos, a tentativa de disfarçar o hálito, muito reggae nas playlists do Spotify, essas coisas.

Ah, sei lá. Que moral eu tenho pra dar exemplo a alguém? Minha mulher vai acentuar o fetiche pela Frida etc., mas tudo bem, diante de tanta merda, amar a Frida como se fosse a Virgem de Guadalupe é dos menores problemas, se é que é mesmo um problema.

Uma amiga jornalista da época do primeiro livro me manda uma mensagem perguntando se eu não quero dar uma entrevista para o *El País*. Deve estar me achando um tipo meio exótico e eles vivem desesperados por pauta, se for página inteira eu topo, meio chato perguntar, paciência. Ela responde em caixa-alta para dar destaque que vai TUITAR sobre mim se a reportagem for em frente. Ela tem 2.3 M DE SEGUIDORES.

A jornalista coloca como condição que eu envie uma foto minha atual. O circo chegou à cidade. Venham todos.

A tia do hot dog erra no troco e eu não falo nada. Saio calado com os dez reais a mais queimando no bolso do jeans. Os caras iam me chamar de idiota se eu devolvesse. E naquela época dez reais significavam um baseado ou duas cervejas.

Até a quermesse de qualquer cidade do interior era motivo pra ficar chapado. A gente não fazia nada de cara limpa:

cinema;
rolê de bike;
prova de matemática;
jantar de família;
festinha no salão de festas;
trânsito;
estrada;
jacaré na praia;
futebol na TV, no estádio, na quadra do prédio;
pra digestão;
pra dormir melhor;
pra acordar sossegado.

Na classe média ninguém tem joias em casa. Então vale tudo pra ficar chapado:

tênis velho;
forninho esquecido em algum canto da cozinha;
moletom do Mickey que a irmã trouxe da Disney;

CDs usados;
caixa de joias vazia;
walkman com defeito;
mochila rasgada;
mini Torre Eiffel de plástico;
tudo que é suvenir porcaria de viagem.

Só agora eu percebo que a coisa toda de não conseguir lidar de igual pra igual com homens da minha idade, de sempre me sentir mais jovem e pior preparado do que eles para a vida de adulto, tem a ver com o fato de que mesmo depois de velho eu continuei acima de tudo sendo um filho. É, acho que é isso mesmo. (Deve ter algum conceito psicanalítico que explique isso, certeza.) Como se eu esperasse que meu pai aparecesse e me tirasse de algum sufoco numa festinha qualquer ou numa pressão de trabalho ou diante de uma tragédia pessoal. Eu nunca estava completamente preparado. Eu era alguém que sempre iria ser alguém, alguma coisa.

Vou morrer com os quatro dentes do siso.

Minha mãe me levou num médico por causa da fimose e ele deu um puxão na pele do pau pra não ser preciso uma cirurgia ou algo assim, e sangrou.

Na volta do Guarujá eu não parava mais de vomitar. Não tinha nada a ver com bebida ou fumo, comi algum troço estragado mesmo. Meus pais me levaram ao pediatra de sempre, mas eu já tinha dezesseis anos, deito na maca do consultório e com os pés derrubo os bichinhos de borracha da Disney, o médico tava com um início de Alzheimer, a gente não sabia, ele quis ver meu pau, tudo bem, era o exame padrão nas crianças, baixei a bermuda meio envergonhado, tava tão enjoado que não questionei, foi tudo esquisito, ele receitou um xarope, acho, e não adiantou nada. O bolso da bermuda tava cheio de papel de seda. Ele vai vegetar por anos. A palavra é horrorosa, e não é fiel ao que estava acontecendo, a mulher precisa limpar a fralda dele, havia aparelhos na cabeceira da cama medindo pressão e oxigenação do sangue e uma série de remédios que as duas filhas se revezam para administrar.

Não é que eu não tenha tocado a vida, ou que não tenha amadurecido, seja lá o que isso possa significar. Mas é como se eu fosse incapaz de me sentar na cabeceira de uma mesa, de ser o centro das atenções numa conversa qualquer. Eu ainda me espanto quando as pessoas param pra me ouvir. Fico intrigado com aqueles olhares e com a certeza de que outras pessoas realmente possam esperar que eu diga algo que preste.

Eu não gosto de ter que saber o caminho certo, a entrada exata para a estrada que nos leva até o Guarujá. Meu pai sempre cuidou disso. Se ele se sentia seguro para interpretar o papel, eu não sei, mas quando eu estava com um daqueles problemas maiores que o mundo, que só uma criança pode ter, só de ouvir a voz dele parecia que tudo ia dar certo. E dava mesmo.

Nunca tive coragem de fazer o mesmo com a minha filha. Ou quem sabe fiz, e nem notei. Talvez um dia ela escreva um livro e diga que se sente uma eterna filha porque eu costumava resolver tudo falando a ela um lugar-comum idiota, que ela se incomodava que a mãe dela ficava me esperando até altas horas sem nunca acreditar que eu tava de fato trabalhando, que ela me odiava quando via a mãe dela chorando no banheiro porque o telefone tocava e ninguém respondia do outro lado. (Essa é mesmo a minha história?)

Meu pai toca os meus ombros e eu me assusto. Tava pirando na textura da toalha enquanto tomava sorvete de chocolate choc-chip e ouvia tão nitidamente "Redemption Song" que era como se a música estivesse tocando de fato ali na sala de casa. Não tem som nenhum. Olho pra ele. Ele pergunta rindo se pinguei groselha nos olhos.

Nunca mais tive notícias do Cris.

Fico pensando na minha filha crescendo no México, o primeiro namorado, a perda da virgindade, será que o filho de uma puta vai tirar alguma foto dela nua e espalhar pros babacas do colégio? *Le advierto a nuestra hija que si este gilipollas se la folla lo mato.* (Google Tradutor.)

Sempre serei o filhinho do papai.

Dr. Miranda parece já não querer mais me tratar. Fala alguma coisa a respeito de paliativos, que dispõe de bons livros sobre isso. Que rezar também ajuda. No brilho dos olhos dele percebo que há um sabor de vitória. Como se celebrasse a ruína da juventude porra-louca estampada no meu corpo.

Mas o fato é que ninguém sabe muito bem por que as células resolvem fuder uns e não os outros. Alimentação, estresse, poluição, genética, é uma mistura muito grande de fatores de risco para que alguém seja capaz de controlar todas as variáveis e se sentir seguro enquanto assiste a uma série qualquer na Netflix. Quem pode garantir que já não estão tramando o próximo atentado numa caverna no Paquistão ou num rancho de merda qualquer em Oklahoma?

Arrependimento numa hora dessas só atrapalha.

Dr. Miranda sabe que eu perdi a capacidade de falar. Chegou àquele ponto em que estranhamente ninguém me conhece melhor que um médico que não sabe nada daquilo que me faz único. Aprendi com um autor alemão que não se grafa com maiúscula as coisas dos názis para não reconhecer a grandeza que eles davam a esses termos. Acho bobagem, mas na dúvida, obedeço.

Se pudesse ainda emitir sons que formassem algum tipo de sentido, contaria do meu antigo dentista. Um cara totalmente conservador que um dia num check-up desses, aliás, essa história de ficar procurando o problema também não sei se é das melhores ideias que a humanidade já teve, mas enfim, um brilho apareceu no ombro dele quando ele tava dentro de uma máquina dessas e era um câncer. Daí não sei muito bem como foi que a coisa desandou tão rapidamente. Ele começou a apresentar dificuldade para respirar, foi fazer uma cirurgia, tomou a quimio e em coisa de trinta dias a gente tava na missa de sétimo dia ali na capelinha dos Jardins, pertinho da avenida Brasil. Antes eu cheguei a encontrar com ele e o cara tava amarelo-ovo, mal andava, mas se esforçando para voltar ao consultório, como se aquela volta à rotina garantisse que ele era o mesmo de sempre e que tudo ia acabar bem.

Sinto que estou corando.

Dr. Miranda nota. Não é a pressão subindo, como ele sugere, é raiva mesmo. Tá aí uma coisa que pouca gente fala, mesmo totalmente fudido a gente ainda é capaz de odiar com todas as forças, amar já fica mais complicado quando a náusea é sem trégua.

Quem quer ficar do lado de uma coisa dessas? No máximo a cuidadora, que ganha pra isso. O apartamento de cobertura, orgulho dos meus pais, transformado em pagamento das consultas. Se meus pais soubessem que as coisas terminariam assim, talvez tivessem vendido tudo antes do fim e partido pra uma volta ao mundo de primeira classe. Não, é preciso economizar, calcular, queremos que você tenha um leque maior de oportunidades.

Faz tempo que meu aparelho digestivo virou um inimigo interno. Ele luta contra mim. Eu sinto a presença dele como se uma estufa lacrada com plantas tropicais tivesse sido instalada dentro do meu corpo. O cheiro abafado, o suor nas paredes internas de vidro e os bichos se batendo do lado de fora. As moscas caídas mortas e tudo. É um inferno como o da Guerra do Vietnã (a única decentemente representada no cinema). A gente pode sentir o incômodo do calor, do suor, dos insetos, da incerteza, do medo. Esse Vietnã em miniatura correndo nas minhas veias. Obrigado, Senhor, por me permitir viver numa era pacífica, nunca ter sido convocado pra matar ninguém. Bela merda. Tá tudo aqui dentro.

Manson;

Bin Laden;

a tentativa frustrada de ficar com a namorada do amigo;

e as milhares de horas de ressaca.

A gente arrasta tudo isso com a gente. A quimio revira ininterruptamente esses corpos dentro do nosso próprio, como um daqueles leitões de festa junina rodando e queimando, morto, na verdade apodrecendo e depois sendo jogado dentro de outros corpos para com muito ácido ser dissolvido, separado e cagado.

O editor sorri, me dá dois tapinhas nas costas e acena para a senhora de avental branco que impaciente guarda o celular e começa a empurrar minha cadeira de rodas pra fora da editora. Aviso que eu ainda não terminei e meto o pé no batente da saída. A porta é de vidro e o barulho faz o pessoal da editora olhar na minha direção.

A menina da produção gráfica vem ver o que aconteceu, como se eu não fosse o culpado pelo constrangimento. Como se alguém tivesse tomado as decisões por mim e me soltado do alto da montanha-russa. Mas surpresa, não há trilho algum. Eu a encaro cheio de desespero, meus olhos começam a contar a ela tudo o que eu tenho vivido. A porrada com o carro, a outra ainda que quase deslocou a cervical da Tati e que numa festa sei lá em que fim de mundo os amigos dela só não me mataram porque ela foi generosa o bastante pra não falar o meu nome, disse que eu me chamava Frank. A menina da produção parece me entender. Espero que ela finalmente me absolva. Explico que a culpa também não é do traficante, mas que eu não posso assumir toda a responsabilidade sozinho.

Minha mulher podia ter aguentado um pouco mais. E a minha filha? Ela se agacha e eu entendo que elas me amam, mas a quantidade de merda que uma pessoa é capaz de aguentar do marido ou do pai varia muito. E que aquele que resolve vestir as máscaras sociais pra aguentar o tranco não está totalmente errado. O Henrique queria te ajudar. Teus pais também. Eles não queriam ser os pais caretas e agora você não pode querer que eles tivessem te castrado. Entende?

É claro que havia uma chance de você ser gay. Lembra aquele menino mais velho no time de vôlei do Paulistano? Você até emprestou sua carteirinha pra ele entrar no clube e você só não foi expulso porque o técnico interveio. Você devia valer alguma coisa pra essa gente.

A menina da produção olha pra trás de mim, está conversando com a cuidadora, mas a conversa é estranhamente muda. Apenas um apito fino como se em poucos segundos as guitarras fossem entrar marchando. Os lábios se movem mas não consigo decifrar em qual idioma elas falam.

Dr. Miranda avisa que basta, que tá cansado de mim, que ele segue lendo na minha cara as críticas ao mundo dele, que mesmo sem falar o ódio respinga dos meus olhos. Nem é tanto assim, mas tudo bem. Ele quer garantir o conforto da família dele e pronto. Você acha que não era isso que o teu pai queria? Você não acha que era isso que a tua filha e mulher esperavam de você? Mas quem deu a essa gente toda o direito de esperar isso de mim é algo que nunca vai entrar na minha cabeça. Eu tinha dado todos os sinais de que não era confiável. E mesmo assim, o carro novo, o plano de saúde, a reunião de professores, o vinho com os amigos. Sei lá, tem uns caras que acabam gostando dessa merda toda. Tenho a impressão de que no fundo eles aprendem um jeito de acelerar mesmo dentro desses contextos patéticos. Em vez de uma taça de vinho, três garrafas, a tentativa de transar com a mulher do amigo, o desfalque na empresa, a ressaca na festinha infantil. No fim uma sonda goela abaixo e o dr. Miranda assumindo o papel de juiz dizendo se você passou ou não no teste para a vida adulta.

Eu não gostava do meu corpo. Não chegava a ser um tipo esquisito, daqueles que podem assumir a própria esquisitice e passar a representar um personagem marcante. Não. Mas eu tinha um buraco no meio do peito muito pronunciado, isso por ser magro demais. Então eu tentava puxar ferro, e na época tava na moda tomar aminoácidos pra ganhar massa muscular mais rápido, e aquilo estourava um monte de espinhas no meu rosto e eu tomava sol pra secar aquelas feridas e acabava ficando vermelho demais porque naquela época ninguém usava filtro solar nem nada.

Depois da convulsão febril, um médico receitou Gardenal pra evitar novos episódios. Minha mãe gostou. Assim não havia mais perigo. Eu sentia muito sono o tempo todo.

Tinha também pintas grandes e pretas nas costas contrastando com minha pele branca. Minha mãe resolveu que era melhor tirar tudo, anestesia local, não tem erro. Desmaiei no meio do processo e me masturbei quando voltei pra casa.

Não tem cura. É bom se preparar. Dr. Miranda me avisa assim, sem dó nem piedade, quase com um gostinho de prazer. É desses médicos que em nome do fascismo nega até a evidência científica mais óbvia. Que agora eu devo me juntar ao pessoal dos paliativos.

Fico pensando se faz mesmo sentido pular numa lagoa no Embu só porque o Dean e o Cris acham que é o máximo e que se eu não pular eu sou covarde. Voltar pelo mesmo caminho é sempre difícil. Não é nada simples repisar com o pé virado todos os passos de uma vida sem autopiedade. E mesmo que você tenha essa lucidez muito rara, o problema é que nos seus passos estão misturadas as pegadas dos seus pais, amigos, namoradas etc., e nem todo mundo gosta de ser exposto.

Até hoje eu não sei como é que ninguém nunca saiu voando lá da cobertura louco de cola ou outra merda qualquer.

O Dean uma vez fez barra pendurado pra fora da sacada.

Entro na sala do tratamento paliativo e acho tudo muito esquisito. Não parece hospital. O pessoal tá sentado em uma roda que lembra aquelas sessões dos Alcoólicos Anônimos de filme americano, ou de retiro para a classe média entediada com falsa consciência social. Em *Clube da luta* o personagem do Edward Norton é viciado nessas reuniões. Ele vai a todas. É como se naquele grupo cheio de dor a vida ganhasse algum significado. Será que ele desejou a morte do próprio avô?

O pessoal do AA da Califórnia quando sossega com a bebida passa a frequentar o grupo de compradores compulsivos.

A jornalista do *El País* tá no stories do Instagram se exibindo com a capa do *O existencialismo é um humanismo*. Envio um emoji de chama acesa. Ela ama. Devolvo um coração e um rostinho wow. Sem resposta.

Porra, o Sartre era esquisito pra cacete.

Meus pais não me corrigiam quando eu falava palavras com alguma letra ou sílaba trocada. Não porque achassem engraçadinho, como normalmente é o caso da maioria dos pais nessas situações, fala de novo, de novo, mostra pra tia, mais uma vez, pera, vou gravar. Eles tinham aprendido com a Augusta que corrigir nesses casos cortava as asas da criatividade, que era preciso deixar o fluxo de ideias jorrar livremente pelas dezenas de erros por minuto. Mas em algum momento você tem que aprender o lugar exato de cada letra, de cada indivíduo em cada situação.

A orientadora do Pueri Domus ligou em casa para avisar que mesmo com a recuperação, com as aulas particulares e com toda a torcida dela, eu não havia conseguido, foi por pouco, uma pena. Por azar, ou sorte, sei lá, eu tava sozinho em casa e atendi a ligação. Você já sabe que quando eu ligo não é boa notícia, é, eu sei. (O nome dela é Maria Odeth. Isso mesmo.) Eu tentei chorar, mas não consegui.

Esperava que meu pai fosse na escola e desse um jeito, ele sempre dava um jeito em tudo, mas ele teve dignidade e me fez aceitar as consequências dos meus atos, ou apenas sabia, instintivamente ou de forma consciente, que a minha família não tinha cacife pra comprar a briga. Ele não era um grande empresário que entra na sala da orientadora como se fosse o Che discursando na ONU e a pobre coitada fica com tanto medo que assume que havia sido tudo um grande mal-entendido.

Volto ao prédio pela primeira vez após a morte dos meus pais. Dentro do apartamento a poeira grossa sobre as estantes de fórmica preta cria um falso aspecto aristocrático. A memória na ponta dos dedos, cada textura, temperatura, o chaveirinho de plástico gasto do Sea World, o corrimão da escada, a pastilha faltando no boxe do banheiro, a madeira lascada da estante próxima ao chão de cimento queimado craquelado pela variação da temperatura. As plantas todas morrendo, secas, ganhando um tom avermelhado, as grades enferrujadas.

Meus pais já não cuidavam da casa havia muito tempo, os corpos deteriorando junto com o imóvel. As dores nos joelhos, na lombar, a dificuldade de enxergar as legendas das séries, o espelho embolorado e o spot pendurado no teto do banheiro, a pilha de roupa sempre acumulada no quartinho junto com malas vazias, lembrança das viagens, das férias, do passado impregnado de futuro.

(Seria melhor inventar aqui a cena de um jantar, a última ceia antes do acidente deles, o clima de jogo de xadrez de sempre, cada um encarnando as peças e se movendo dentro dos limites de sua própria natureza, querendo escapar da rigidez quadriculada e cartesiana das regras sociais, o cavalo, a rainha, o bispo, os peões, o leitor já previamente avisado de que algumas horas depois acontecerá o acidente fatal, mas os personagens na mais completa ignorância sobre os seus destinos, a vontade de entrar naquela sala e mandar todo mundo calar a boca porque aquela é a última chance de acertar as coisas, pedir a conta e se abraçar antes de o valet trazer o carro.)

Mexo nos vinis do meu pai, o mais grosso é o *Sgt. Pepper's*, o plástico ressecado e amarelado que envolve a capa se desmancha conforme toco na relíquia, toco nos dois rostos emparelhados no velório. Durante a fala do padre eu só ouvia um apito distante, no campo, de chaleira, e era capaz de sentir as solas dos pés na grama molhada. Não, eu nunca viveria numa cidadezinha do interior.

Olho fixamente para as montanhas da Ilha mas não sou capaz de fixar uma imagem que preste.

Já não reconheço mais nenhum rosto ou corpo passando pra lá e pra cá no quarto do hospital. Não são nem sequer vultos de figuras humanas, ou sombras, ou o que quer que lembre formas conhecidas que de baixo para cima são formadas por pernas, tronco, braços e cabeça, em milhares de variações possíveis mas mesmo assim reconhecíveis como formas humanas. Figuras em constante metamorfose, sempre no momento em que não são mais o que eram e ainda não ganharam uma nova forma, mesmo que misturada. Não é possível falar em pés ou patas, costas ou asas, boca ou bico. São pedaços disformes, com texturas que se metamorfoseiam a um simples olhar. Um mundo incompreensível, de palavras transformadas em ruídos, e estranhamente calmo, como se esse espetáculo bizarro ocorresse envolto numa gosma morna, como se eu fosse um totem esculpido em pedra testemunhando em poucos segundos toda a vida no planeta.

Num impulso arranco o acesso do braço. A morfina para de gotejar pela minha veia e a primeira sensação no meu corpo é a dor no calo ósseo na clavícula esquerda, fruto podre de um tombo de skate na ladeira da casa da minha avó. De consciência pura começo a ganhar forma e concretude, do calo ósseo para o restante do peito, os membros, tudo constituído de dor latejante, a sensação de que perfuram meu corpo com minúsculas brocas em dezenas de pontos, o som agudo da broca entrando na parede de concreto faz com que eu feche os olhos bem apertados, minha testa parece se abrir num impulso de vomitar o cérebro pra fora do corpo, expurgar de alguma maneira o centro da dor.

Não, não vai dar tempo de crescer, virar homem, acabou, não tenho coragem de erguer o lençol e olhar para o meu próprio corpo que sinto se transformar em ritmo acelerado. Uma natureza descontrolada, filha de Hiroshima e Tchernóbil, filha da ganância e da covardia, do medo e dos abusos todos, e também dos arrependimentos.

Pai? Não, não tô pronto ainda. E não estarei mesmo que me ofereçam um tempo extra de trinta anos. Jamais vou crescer.

Então foda-se. Pelo menos quero estar lúcido pra saber como termina.

Grafia atualizada segundo o Acordo Ortográfico da Língua
Portuguesa de 1990, que entrou em vigor no Brasil em 2009.

capa
Julia Masagão
ilustração de capa
André Burnier
composição
Jussara Fino
preparação
Leny Cordeiro
revisão
Ana Alvares
Gabriela Rocha

Dados Internacionais de Catalogação na Publicação (CIP)

Ferro, Tiago (1976-)
O seu terrível abraço / Tiago Ferro. — 1. ed. — São Paulo :
Todavia, 2023.

ISBN 978-65-5692-458-8

1. Literatura brasileira. 2. Romance. I. Título.

CDD B869.93

Índice para catálogo sistemático:
1. Literatura brasileira : Romance B869.93

Bruna Heller — Bibliotecária — CRB 10/2348

todavia
Rua Luís Anhaia, 44
05433.020 São Paulo SP
T. 55 11 3094 0500
www.todavialivros.com.br

fonte
Register*
papel
Pólen soft 80 g/m²
impressão
Geográfica